www.bbulmedia.com

不死神鳥

불사신조

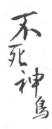

不死神鳥

1판 1쇄 찍음 2014년 6월 20일
1판 1쇄 펴냄 2014년 6월 25일

지은이 | 이주용
펴낸이 | 정　필
펴낸곳 | 도서출판 **뿔미디어**

편집장 | 이재권
기획 · 편집 | 윤영상

출판등록 | 2002년 9월 11일 (제081-1-132호)
주소 | 경기도 부천시 원미구 상동로 117번길 49(상동) 503호 (우)420-861
전화 | 032)651-6513 / 팩스 032)651-6094
E-mail | bbulmedia@hanmail.net
홈페이지 | http://bbulmedia.com

**값 8,000원**

ISBN 979-11-315-2510-4 04810
ISBN 979-11-7003-007-2 04810 (세트)

不死神鳥

불사신조

6
〈완결〉

BBULMEDIA FANTASY STORY
이주용 신무협 장편 소설

# 차례

제35막

전개

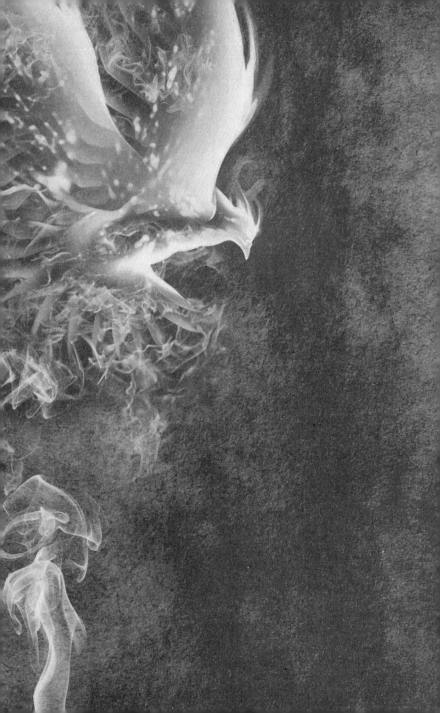

돌이켜 보면…… 결국 아무것도 막지 못했어. 아무
것도 말이야.

— 요호

◑

참을 수 없는 격통에 권신의 얼굴이 일그러졌다.
다양한 감정이 실려 있었다.
놀라움과 당혹스러움은 격노로 이어졌고, 이는 곧
고통으로 변모했다.

신조는 권신에게서 눈을 돌리지 않았다. 권신의 가슴을 꿰뚫은 신조의 오른손으로부터 불꽃의 연화가 피어올랐다. 열기가 강렬하게 일어 권신의 내부를 진탕으로 만들었다.

신조가 오른손을 회수했다.

권신이 피를 토했다.

제아무리 강철 같은 의지를 가진 권신이라 하나 가슴의 치명상과 머릿속에 자리 잡은 사갈을 모두 무시할 수는 없었다.

신조에게 반격을 하기는커녕 저도 모르게 뒤로 몇 걸음 물러섰다. 그나마 쓰러지지 않고 버텨 선 것이 권신이 할 수 있는 전부였다.

신조는 숨을 토했다. 신조 역시 금방이라도 쓰러질 것 같았다. 전신에서 땀이 비 오듯 흘렀고, 영혼이 갈기갈기 찢겨 나가는 것 같은 격통에 시달렸다.

하지만 신조는 다시 한 번 몸을 움직였다. 권신을 확실하게 마무리 지어야 했다.

권신은 분명 천하제일무를 논할 만한 극강의 고수였다. 하지만 그래 봐야 결국에는 인간이었다.

그는 신조와 대결하기 이전에 북부 원정군을 뚫고

지나기 위해 많은 내력을 소모했으며, 탐랑과 사갈이라는 의외의 변수들에 의해 틈을 허용하고 말았다.

탐랑과 사갈이 노출된 이상 다시 싸운다면 열에 아홉은 신조의 패배로 끝날 터였지만, 권신과의 두 번째 대결은 존재할 수 없었다.

가슴이 꿰뚫린 인간은 죽는다.

무공 한 번 배우지 않은 어린아이도, 절정의 고수도 그건 마찬가지였다.

권신의 무력은 급감했다. 그는 제대로 싸울 수 있는 상태가 아니었다.

신조는 진각을 밟았다. 강하게 땅을 구르며 권신의 가슴 한복판 급소를 향해 비수를 찔렀다.

호신강기도, 강철 같은 근육의 방벽도 존재하지 않았다.

마치 본래 있어야 할 자리에 돌아가기라도 하듯 비수가 권신의 급소를 파고들었다.

권신과 신조의 시선이 교차했다.

신조는 권신의 두 눈에서 원통함과 허망함을 느꼈다.

당연한 일이었다. 사만 대군 사이를 무인지경으로

종횡무진하면서도 털끝 하나 다치지 않은 권신이 아니었던가.

이런 곳에서 자신이 죽을 것이라고는 상상도 하지 못했을 것이 분명했다.

그것이 힘을 가진 자의 사고방식이었다.

권신은 눈을 감지 못하고 죽었다.

그대로 신조와 함께 무너지듯 쓰러졌다.

신조는 다시 숨을 토했다.

마음 같아서는 그대로 쓰러져 잠들고 싶었지만, 그럴 수 없었다. 다시 한 번 시야를 확장시켰다.

자신과 권신, 오로지 두 사람만을 담았던 세상에 다시 주변 모든 것들을 편입시켰다.

순식간에 전장이 느껴졌다.

근방을 에워싼 수많은 장병들, 광룡의 무사들, 백룡과 대적 중인 대장군!

녹룡의 화살은 다시 날아오지 않았다.

신조는 애묘를 믿었다. 그녀라면 반드시 녹룡을 제압해 줄 것이 분명했다.

신조는 어지러움을 느꼈다. 하지만 권신의 시신을 밀어내고 일어섰다. 광룡 무사들의 공격을 피해야 했고, 대장군을 도와 백룡을 쓰러트려야 했다.

백룡은 대장군보다 한 수 위였다. 그렇기에 백룡은 대장군과 싸우는 와중에도 주변 상황을 파악할 수 있었다.

권신이 죽었다.

모든 것이 어그러졌다. 판단을 빨리 내려야 했다. 길게 생각할 시간 따위는 존재하지 않았다.

대장군을 죽인다.

어찌 되었든 대장군만은 죽여야 한다.

백룡은 다시 대장군에게 집중했다. 머릿속에서 완전히 신조를 지워 버렸다.

권신의 죽음은 곧 무림연합의 와해를 야기할 것이란 뼈아픈 사실 역시 잊어버렸다. 대장군만을 보았다.

백룡은 대장군의 동요를 느꼈다.

대장군이라 함은 단순히 무위가 뛰어난 자를 말하는 것이 아니었다.

군무를 담당하는 이였고, 병사를 부리는 이였다.

한 자루 창을 꼬나 쥐고 말을 달려 적진에 치고 들어가는 것은 대장군의 일이 아니었다.

때문에 대장군에게 가장 중요한 것은 무재가 아니었

다. 전장의 흐름을 느끼는 재능이었다. 인용술과 군략에 관한 소질과 더불어 말이다.

대장군은 지난 수십 년 세월 동안 전장을 누빈 역전의 무장이었다. 또한 전장의 흐름을 읽는 데 탁월한 재능을 타고난 이였다.

그리고 그것이 지금 악재로 작용했다.

대장군은 동요했다.

권신의 죽음과 그로 인해 생긴 전장의 변화를 예민하게 느꼈기 때문이다.

권인이 이번 사태에서 차지하는 위치는 매우 컸다. 그는 무림연합 천인회의 수장인 동시에 사실상의 천하제일무였다.

그런 권신이 죽었다. 이는 이번 전투에서 북부 원정군의 승리를 야기할 것이 분명했다.

애당초 수적으로 열세인 천인회였다. 권신이 대장군을 비롯한 지휘부를 격퇴할 수 있다는 자신감이 있었기에 무모할 정도의 전력 차를 무시하고 전장에 나선 것이었다.

물론 천인회 무인들은 강했다. 개개인의 무위가 뛰어나니 전선을 유리하게 이끌 수 있었다.

하지만 무인도 결국에는 지치기 마련인 사람인지라 시간이 지나면 대군의 위용에 무너질 수밖에 없었다.

그리고 권신의 죽음은 이번 전투에 영향을 끼치는 것으로 끝나지 않을 터였다.

무림연합은 중심축을 잃었다. 자신만만하게 나섰던 전투에서 대패했다.

무림연합의 와해는 불을 보듯 빤하였다.

그렇지 않아도 눈치를 보던 무림 문파들은 어떻게든 무림연합과 척을 지고 살아남기 위해 몸부림을 칠 터였다.

권신의 죽음을 깨달은 그 순간, 대장군의 머릿속을 스쳐 지나간 생각들이었다. 이미 전장에 나서기 전에 고려해 보았던 바이기 때문에 빠르게 되새길 수 있었다.

그렇게 해서 만들어진 틈, 이 전투는 이긴 것이나 다름없다는 기쁨이 만든 동요.

백룡은 그것을 놓치지 않았다.

여지없이 파고들었다.

카캉!

날카로운 쇳소리가 울렸다.

백룡의 검이 대장군의 검을 밀어내며 길을 열었다.

일순간이지만 대장군과 백룡 사이에는 아무것도 가로놓이지 않게 되었다.

대장군은 어떻게든 튕겨 나간 팔과 검을 되돌리기 위해 노력했지만, 너무 늦었다.

백룡은 이미 움직이고 있었다.

일검으로 대장군의 목숨을 취해야 했다.

대장군의 검을 쳐 내기 위해 자신 역시 검을 쥔 손으로 격한 움직임을 펼친 백룡이었기에 다시 한 번 우수를 활용할 수는 없었다.

어깨 박치기를 하듯 대장군의 품에 파고들며 좌수의 팔꿈치를 곧이 세웠다.

단박에 대장군의 가슴뼈를 박살 냈다.

백룡은 거기에 그치지 않고 경지에 오른 기의 활용을 통해 검이 아닌 팔꿈치로 강대한 내공을 방출하였다. 주먹이 아닌 팔꿈치로 발경을 한 것이나 다름없었다.

대장군은 충격을 견디지 못하고 실 끊어진 꼭두각시 인형마냥 자그마치 이 장 이상을 날은 뒤 바닥을 나뒹굴었다.

'죽였다.'

백룡은 그렇게 판단했다.

치는 순간 즉사시켰다는 감각까지는 느끼지 못했지만, 죽음을 피할 수 없는 치명상을 입힌 것만은 분명했다.

백룡의 눈동자가 빠르게 굴렀다.

벌레처럼 꿈틀거리는 대장군이 아닌 신조를 좇았다.

신조가 똑바로 서서 자신을 노려보고 있었다.

대장군부의 무장들과 광룡 무인들이 뒤섞인 가운데 백룡은 미련 없이 돌아섰다. 신조와 맞서는 대신 후퇴를 생각했다.

신조의 전력이 미지수였다. 권신과 싸우며 그가 얼마만큼의 힘을 썼는지, 지금도 전투를 속행할 수 있는 상태인지 알 수 없는 것들이 너무나 많았다.

광룡 무인들이 백룡을 따라 전장을 이탈하기 시작했다.

이미 많은 지휘관들을 잃은 북부 원정군은 그들을 쫓지 못했다.

백룡이 전장을 이탈했음을 감지한 그 순간, 신조는 무너지듯 쓰러졌다. 더 이상 싸울 여력이 없었다.

불사신조를 처음 썼을 때 그러했던 것처럼 다른 두 가지 절기가 신조의 몸과 정신을 모두 옥죄어 왔다.

하지만 의식을 잃을 수는 없었다. 신조는 이를 악물며 고개를 쳐들었다. 대장군부의 무장 몇이 대장군을 수습하고 있었다.

다른 무장 하나가 권신의 시신에 다가갔다.

그는 신조를 돌아보았고, 뜻을 이해한 신조는 고개를 끄덕였다.

무장은 주저 없이 권신의 목을 베었다.

"역적 혁린의 목을 베었다!"

"혁린이 죽었다!"

무장 몇의 외침은 이내 병사들 사이로 들불처럼 번졌다.

병사들 또한 본능적으로 권신의 죽음이 이 싸움을 끝낼 단초가 될 것이란 것을 느꼈기 때문이다.

오매불망 권신이 대장군의 목을 취하기만을 기다리고 있던 천인회의 사기는 당연히 크게 저하되었다.

이제는 승리가 아니라 생존을 위해 필사적으로 전장

에서 몸을 빼내고자 했다.

이미 지휘관들이 다수 목숨을 잃은 북부 원정군은 병사들을 통제해 그런 천인회를 막기보다는 오히려 길을 열어 주어 싸움을 피하는 쪽을 택했다.

쓰러진 신조에게 대장군부 무장들이 다가왔다.

그중에 몇은 신조도 얼굴을 아는 자들이었다.

개인적인 친분이 있어서가 아니라 암룡의 임무를 수행하는 과정에서 자연스럽게 얼굴을 외우게 된 주요 인사들이었다.

그들 가운데 하나이자 대장군의 오른팔이라 할 수 있을 거기장군 오의가 신조에게 빠르게 말했다.

"안심하고 쉬시오. 당신은 이번 전투의 영웅이오. 걱정하는 일은 일어나지 않을 것이오."

숨을 몰아쉬던 신조는 정신적인 실소를 터트렸다.

아무래도 일비가 손을 쓴다고 했던 새로운 내부의 인사가 거기장군이었던 모양이다.

'절반의 승리.'

이 전투는 북부 원정군이 이겼다.

권신을 죽였으니 무림연합 천인회의 미래는 어두웠다.

광룡이 원했던 것 같은 길고 긴 내전은 일어나지 못할 터였다.

하지만 이쪽도 대승상에 이어 대장군을 잃었다.

기세를 몰아 광룡을 척결한다는 십삼조의 계획 역시 어그러질 것이 분명했다.

신조는 마지막으로 후방 쪽으로 시선을 두었다.

그곳에서 역사에 남지 않을 싸움을 하고 있을 애묘를 생각했다.

애묘도 이긴다. 이길 터였다.

신조는 눈을 감았다.

거기장군 오의가 수하들을 시켜 그런 신조를 돌보게 하였다.

◐

애묘는 벽에 박혀 있었다. 화살에 어깨를 꿰인 채였다.

"하아…… 하아……."

애묘는 화살을 뽑아낼 생각을 하지 못했다. 그러기에는 화살이 너무 크고 두꺼웠다.

어깨가 아팠다.

뼈가 박살이라도 났는지 통증이 가라앉을 생각을 하지 않았다.

하지만 그래도 애묘는 웃었다.

애묘의 시선 끝에서 홍초와 도철의 도와 검이 녹룡의 목과 가슴을 헤집고 있었다.

녹룡을 죽였다.

맹저의 머리를 화살에 매어 쏜, 육시를 해도 모자랄 놈을 드디어 죽였다.

애묘는 웃다가 울었다.

자기도 모르게 엉엉 울음을 터트렸다.

복수를 했다는 통쾌함보다는 죽은 맹저와 뇌호의 생각이 났다. 어깨의 고통 때문인지 감정을 주체할 수 없었다.

이 자리에 아랑이 있었다면.

홍초는 도를 늘어트린 채 도철을 보았고, 도철은 쭈뼛쭈뼛 울고 있는 애묘에게 다가갔다.

평소라면 울게 내버려 두었겠지만 지금은 화살을 빼내고 상처를 치료하는 게 우선이었다.

홍초가 전장 쪽을 돌아보았다. 멀리서 보아도 한눈

에 알 수 있을 전황의 변화에 밝게 웃었다.

"신 대협이 성공하셨나 봐요!"

애묘는 고개를 끄덕였다.

이번에는 웃지도 울지도 못했다.

신조가 권신을 쓰러트리기 위해 사용한 수.

신조는 말하지 않았지만 애묘는 알 수 있었다.

한 몸에 절기를 세 개나 익힌 부작용이 머지않아 신조의 몸과 영혼을 모두 상하게 하리라.

'최대한 빨리.'

그리고 최소한의 싸움으로 이 모든 일이 마무리되기를.

애묘는 화살을 붙잡고 선 도철에게 시선을 주었다.

도철이 다소 긴장된 목소리로 말했다.

"많이 아프실 겁니다."

그걸 누가 모를까.

대꾸할 힘도, 마음도 없는 애묘는 눈짓으로 다소 신경질적인 신호를 보냈다.

도철이 화살을 뽑았고, 애묘가 비명을 질렀다.

◐

전투 시간 자체는 짧았지만 그 피해는 예상을 훨씬 웃돌았다.

대장군은 응급처치에도 불구하고 이렇다 할 유언 한마디 남기지 못하고 허무하게 숨을 거두었다.

북부 원정군은 이번 전투 한 번으로 지휘관의 오 할을 잃은 셈이었다.

죽은 병사의 수 역시 결코 적지 않았다.

사망자는 근 천을 헤아렸고, 부상자는 그 배를 넘었다.

천인회의 사상자 수는 그에 훨씬 못 미치는 오백여 명에 불과했지만, 전체 규모를 생각한다면 천인회의 손실이 더 크다 할 수 있었다.

그리고 무엇보다 권신이 죽었다.

백룡은 광룡의 무인들과 함께 말을 달렸다.

녹룡이 살아남기를 간절히 기도했지만, 냉철한 그의 이성은 이미 녹룡을 죽은 사람으로 여기고 있었다.

북부 원정군과 무림연합 천인회의 전투 결과는 제 전역으로 빛살처럼 퍼져 나갔다.

그렇게 전투로부터 이틀이 지난 밤.

신조가 의식을 회복했다.

❦

지나치게 오래 잠을 자다 깨어날 때처럼 몸과 머리
가 무거웠다.

신조는 힘겹게 눈을 떴다.

익숙한 얼굴이 신조를 반겨 주었다.

"일어났어?"

애묘였다.

신조는 어설프게 웃었다. 뻑뻑한 눈동자를 굴려 주
변을 보았다.

작지만 깨끗한 방이었다. 방 안에는 이렇다 할 가구
하나 없었지만 신조 자신이 덮고 있는 침구류는 무척
이나 부드러운 것이, 얼핏 보아도 상당한 고급품이었
다.

신조는 숨을 골라 보았다. 마른 입술을 벌리자 애묘
가 요령 좋게 물주전자로 입술을 축여 주었다.

한 모금뿐이었지만 마른 목을 달래기에는 충분했다.

생기를 회복한 신조가 다시 빙긋이 웃었다.

애묘가 그런 신조의 **뺨**을 부드럽게 어루만졌다.

"청조가 아니고 나라서 실망이야?"

"약간은."

청조는 지금 일비 곁에 있었다. 싸움에 끼어들기에
는 수련이 아직 얕은 청조였다.

애묘는 입꼬리를 살짝 비틀었다.

자기한테 푹 빠져서 어쩔 줄 몰라 하던 아이가 이제
딴 여자를 찾으니 어쩐지 모르게 시원섭섭했다.

"많이 컸다?"

"늙었지."

애묘는 신조의 **뺨**을 기분 좋게 꼬집었고, 신조는 천
천히 상체를 일으켜 세웠다. 애묘의 옷깃 사이로 보이
는 붕대와 경직된 왼쪽 어깨에 시선을 두며 물었다.

"어깨는 다친 건가?"

"대주 급을 상대한 건데 이 정도면 싼 거지 뭐."

애묘는 절기의 영향을 받아 몸의 상처 치유가 빠른
편이었지만, 그래도 신조처럼 재생 능력을 갖추었다고
까지 말할 수는 없었다.

습관적으로 어깨를 으쓱이려다가 상처를 자극해 미
간을 찌푸린 애묘는 아랫입술을 살짝 깨문 뒤 말했다.

"녹룡은 죽였어."

그 이상은 말하지 않았다.

신조는 고개를 끄덕였다.

"이제 몇 명 안 남았네."

적룡, 황룡, 녹룡을 죽였다.

용왕대주를 제한다면 남은 대주는 이제 백룡과 청룡, 흑룡뿐이었다.

신조가 애묘에게 물었다.

"며칠이나 지났지?"

"꼬박 이틀이야. 이번 싸움의 결과로 인해 눈에 띌 만큼 정세가 변하기에는 부족한 시간이지만, 그래도 무시 못할 시간이지."

그래도 이틀이면 무림연합 천인회가 본부를 설치한 진선도에까지는 소식이 전해졌을 터다.

"거기장군의 도움을 받았어. 뭐, 여긴 군영까지는 아니지만, 그치의 손길이 미치는 곳이야."

신조는 그 사실에 대해서는 딱히 불만을 표하지 않았다. 그보다 더 중한 일이 있었기 때문이다.

"대장군은 죽었나?"

"죽었어."

예상은 했지만 역시나 뼈아픈 사실이었다.

애묘는 대장군의 죽음에 대해 상세히 설명하는 대신 신조에게 얼굴을 가까이했다. 신조의 눈을 들여다보며 물었다.

"너, 괜찮은 거지?"

단순히 몸 상태를 묻는 것이 아니었다.

주술에 있어 눈은 영혼의 창.

신조는 어설프게나마 미소를 그렸다.

"아직은."

절기 셋을 한 몸에 담았다.

스승님께서 결코 생각도 하지 말라 하신 일이었다.

신조는 이제 왜 스승님께서 그런 말씀을 하셨는지 이해할 수 있었다. 육신의 고통보다 영혼의 고통이 더하였다.

싸움을 끝내고 이틀이나 휴식을 취한 지금도 가슴에 자리한 아릿한 통증이 사라지질 않았다.

애묘는 신조에게 얼굴을 좀 더 가까이했다. 금방이라도 울 것 같은 얼굴이 되더니 눈을 꽉 감았다.

신조와 이마를 맞대며 속삭이듯 말했다.

"방법이 있을 거야. 내가 찾아낼게."

절기 셋을 안정화시키는 방법이, 그도 안 된다면 절기를 포기하더라도 다시 몸 상태를 회복시킬 방도가.

"그래, 부탁할게."

신조는 조심스럽게 손을 뻗어 애묘를 밀어냈다. 다른 이야기를 하였다.

"머리가 무거워서 생각하기가 힘들어. 내가 쓰러진 동안에 있었던 일들의 결과만 말해 줘."

"광룡이 황실을 점령했어. 물론 드러내 놓고는 아니고 말이야. 황제를 압박해서 북부 원정군에게 무림연합을 박멸하게 하려는 것 같아."

"거기장군을 비롯해서 대장군부도 이제 광룡의 모반을 알지 않나?"

대장군을 죽인 것은 다른 누구도 아닌, 광룡 대주 가운데 한 사람인 백룡이었다. 목격자가 한둘인 것도 아니니 우격다짐으로 속이는 것도 불가능할 터였다.

애묘는 씁쓸한 얼굴로 고개를 가로저었다.

"광룡 전체가 아닌, 백룡 혼자의 이반으로 꼬리 자르기를 하고 버틸 요량인 것 같아. 그리고 아까도 말했지만, 이제 겨우 이틀이야. 아직 일이 본격적으로 변모하기에는 시간이 부족해."

"광룡이 사실상 황실을 장악한 건가……."

생각해 보면 당연한 일이었다. 대장군을 비롯한 무장들 대부분이 황실을 비운 상황이었고, 신권을 대표하는 대승상마저 피살된 마당이니 황실은 텅텅 빈 것이나 다름없었다.

본래부터 황실의 무력을 상징하는 광룡이었으니 황실을 제압하는 것 역시 여반장만큼이나 쉬웠으리라.

"일비의 예상보다는 일이 안 좋게 돌아가는군."

"대장군이 죽지 않는다가 우리가 생각한 최선이었으니까."

대장군이 살아 있었다면 군부의 힘을 동원해 최소한의 피해로 이 사태를 마무리 지을 수 있었겠지만, 이제는 이미 틀려 버린 이야기였다.

애묘가 다시 신조의 뺨에 손을 가져다 대었다. 살짝 꼬집으며 말했다.

"언제 말하나 두고 보려 했는데 끝까지 말 안 하네. 신조 네가 천하제일 고수를 꺾은 거야. 권신을 말이야."

기습이었고 권신이 온전한 상태도 아니었지만, 이긴 것은 이긴 것이었다.

천하제일무를 꺾었다.

그를 죽여 승리를 이끌었다.

신조는 저도 모르게 멍한 얼굴이 되었다.

권신을 죽이지 못하면 모든 것이 끝난다는 압박감과 아랑의 죽음이 불러온 슬픔에 짓눌려 보지 못하던 것을 보았다.

헛웃음이 나왔다.

애묘도 신조를 따라 미소를 그렸다.

한순간이지만 둘은 아랑의 죽음을 비롯한 다른 모든 일들을 잊었다.

숨을 한 번 가다듬은 신조는 침짓 근엄한 얼굴로 말했다.

"나는 십삼조의 비수니까."

애묘는 결국 참지 못하고 깔깔 웃었다. 한참이나 그러다가 신조의 머리를 쓰다듬었다.

"다 컸어."

"늙었지."

신조는 애묘의 손길을 거부하지 않았다. 그대로 눈을 감고 잠시나마 평온을 누렸다.

"이를 대체 어찌한단 말이오!"

권신이 천인회를 만들 때부터 측근에서 활약했던 벽력부 백기형이 노성을 토했다.

곁에 앉아 있던 총군사 청월패가 무거운 표정으로 말했다.

"진정하시오. 역정을 낸다고 해결될 일이 아니오."

진선도에 마련된 천인회의 본부. 권신을 중심으로 한 무림연합 천인회 정예와 북부 원정군 사이에 벌어진 전투 결과가 전해진 것도 벌써 반나절이 지났다.

벽력부 백기형은 헛웃음을 터트렸다. 작전의 입안자인 주제에 싸움에는 참여하지 않은 청월패를 죽일 듯이 노려보았다.

"애당초 당신이 권신 어르신을 사지로 내몬 것이 아니오!"

사만 대군에 돌진해서 대장군을 죽이라니, 참으로 무리한 요구가 아닐 수 없었다.

분위기가 자연 과열되었다.

청월패 또한 지지 않고 백기형을 노려보았다. 금방

이라도 칼부림이 날 것 같은 상황이 되자 천인회의 중진 가운데 하나인 기형도 권람이 급히 일어나 백기형을 말렸다.

"그만하시오. 그리고 작전을 수락하신 것은 권신이시오. 벽력부 당신도 처음 작전이 입안되었을 때는 별다른 불만을 가지지 않으셨잖소."

백기형은 으르렁거렸지만, 권람의 말을 부정하지 못했다.

천하제일무 권신!

권신의 측근을 자처하며 늘 함께해 온 백기형이었다. 지상에 강림한 무신이라 해도 좋을 권신이 인세의 싸움에서, 그것도 이름 없는 자에게 목숨을 잃을 것이라고는 상상조차 하지 못했다.

하지만 결국 권신도 인간에 불과했다. 누가 보아도 무모한 작전은 권신의 죽음과 천인회의 참패라는 결과가 되어 돌아왔다.

권람이 다시 주변을 돌아보며 말했다.

"우리끼리 싸워서 될 일이 아니오. 살길을 모색해야 하오."

천인회는 제 황실에 반기를 들었다. 그리고 첫 번째

전투에서 패했다.

청월패가 무거운 목소리로 뇌까리듯 말했다.

"혁명을 성공시키는 것밖에 방법이 없소. 이미 정규군과 한바탕 싸움을 벌였으니 우리가 살길은 그것뿐이오."

돌이킬 수 없는 강을 건너 버렸다.

이 자리에 모인 천인회 중진들 가운데 패전 후에도 목숨을 건질 수 있는 자는 없었다.

"권신께서 당하시다니……."

백기형이 다시 한탄했다. 하늘같이 생각했던 권신의 죽음을 아직도 믿을 수 없는 그였다.

다른 이들 역시 권신의 죽음에 낙담하기는 매한가지였지만 백기형은 특히 더 그러하였고, 그의 그런 모습에 적잖게 짜증을 느끼는 이들도 있었다.

진선도 장문인 무위자는 도명에 맞지 않게 인세에 일에 끼어든 것을 후회했지만, 이미 너무 늦었다.

천인회에게 본부를 제공하는 등 여러 편의를 봐준 진선도이니 이대로 있으면 무위자 자신의 목숨뿐만 아니라 수백 년을 이어 온 진선도 역시 명맥이 끊길 판이었다.

"사기가 말이 아니오. 더욱이 배신을 해서라도 목숨을 구하고자 하는 자들이 생겨날 것이 불을 보듯 빤하오. 아마도 앞으로 한 번…… 그 외에 다른 기회는 없을 것이오."

그렇지 않아도 천인회 참가에 미적미적한 태도를 보였던 문파들은 이번 사건으로 천인회에서 완전히 등을 돌려 버렸다.

기존에 관계가 있던 자들도 어떻게든 연관을 끊기 위해 노력하고 있으니 정파구주와 사파칠주 가운데 여럿을 합친 것과도 대등한 힘을 자랑하던 천인회도 이제는 옛말이었다.

전력이 절반 이하로 떨어졌다 보는 것이 옳았다.

이야기를 하면 할수록 절망적인 상황이었다.

권람이 분위기를 반전시키기 위해 억지웃음이나마 터트리며 짐짓 호탕하게 말했다.

"희망이 아예 없는 것은 아니오. 북부 원정군도 백전연마의 대장군을 잃지 않았소? 그리고 이 자리에 모인 여러분들도 모두 상승 무공을 익힌 절정의 고수들이오. 우리에게도 아직 충분히 승산이 있소."

권신이 없으니 지난번과 같은 무식한 정면 돌파는

불가능할 터였지만, 여전히 요인 암살이라는 유용한 전법을 사용할 수 있는 천인회였다.

들리는 바에 따르면 이번 전투로 광룡 대주였던 백룡과 녹룡 역시 북부 원정군을 떠났다 하니, 황실 고수들 가운데서도 천인회에 맞설 만한 이가 별로 없었다.

무위자가 청월패에게 물었다.

"권신을 꺾은 자에 대해서는 아직도 알려진 바가 없소?"

"없습니다. 비록 권신께서 지치셨다고는 하나…… 사황오제삼신에 필적하는 자가 아니면 결코 지금 같은 결과를 만들어 내지 못했을 겁니다."

청월패가 고개를 가로저으며 답했다.

권신을 죽인 자.

제대로 알려지지 않았다.

대장군의 지휘부까지 치고 들어간 천인회 인사는 권신이 유일했기에 권신의 죽음이 어떤 과정을 통해 이루어졌는지도 제대로 알 수 없는 판국이었다.

무위자가 눈썹을 팔(八)자로 모았다.

"광룡 대주는 아니라 하니 누구일꼬?"

궁리해 보아도 마땅히 떠오르는 인물이 없었다. 낭

중지추란 말처럼 사황오제에 준하는 인물이라면 이름이 알려졌을 티인데도 말이다.

무위자의 물음에 다시금 분위기가 어두워지자 권람은 아예 손뼉을 쳐서 시선을 자신에게 모았다. 다시 한번 모두를 격려했다.

"우리에게도 아직 창제와 검황이 남아 있소. 둘 모두 우릴 쉬이 배신할 인물들이 아니니 아직 한판 싸움에 기대를 걸어 볼 만하오. 그렇지 않소?"

사황오제삼신 가운데 검신, 검제, 도황, 권신이 죽거나 전투 불능에 빠졌다.

사황(邪皇)과 권황, 도신은 천인회 참가를 처음부터 거부했지만, 창제와 검황, 도제, 궁제는 그렇지도 않았다.

특히 창제와 검황은 천인회에 적극 협력하겠다는 의사를 밝힌 바 있으니 아직 믿어 볼 만하였다.

그래도 권람이 이번에 꺼낸 말은 나름 위안이 되었는지 천인회 인사들의 얼굴이 다소나마 밝아졌다.

앞으로의 일전.

단 한 번의 싸움으로 천인회의 운명이 결정될 터였다.

좁은 방 안에서 할 수 있는 것은 그저 누워 있는 것 뿐이었다.

의식을 회복하고 한나절. 여전히 침상에 누운 신조는 눈만 깜박였다.

위화감이 해소되지 않았다. 어딘가 모르게 정신만 붕 뜬 느낌이었다. 하지만 그렇다고 손발이 뜻대로 움직이지 않는 것은 아니었다.

'너무 날카로워.'

감각은 오히려 평소보다 배는 더 날이 선 것 같았다.

그리고 그렇기에 위화감이 강했다.

정신이 몸에서 분리된 것 같은 일종의 부유감을 느끼는데, 실질적인 감각은 날카롭고 몸을 움직이는 데도 무리가 없으니 이율배반이라고도 할 수 있었다.

몸이 과연 얼마나 더 버틸 수 있을까?

권신과의 싸움에서는 날카로워진 감에 도움을 받았다. 그렇지 않았다면 아무리 권신이 지친 상태였다지만 천하제일권을 자처할 수 있는 남자의 주먹을 모두 피하진 못했을 터다.

하지만 이는 너무 불안정한 상태였다.

날이 잔뜩 벼려진 칼을 칼집도 없이 들고 다니면 결국 칼날 역시 상하기 마련이었다. 칼의 내구성이 약해지는 것은 말할 것도 없었다.

'유리검.'

언젠가 스승님에게 들었던 이국의 병기가 떠올랐다.

투명한 재질로 만들어져 적의 눈을 현혹시키기 좋지만, 내구도가 너무 약해 적을 몇 번 가격하거나 찌르면 부서지고 마는, 그런 검이었다.

모든 것이 짐작일 뿐이지만 신조는 세 번을 생각했다.

앞으로 전력을 다해 싸울 수 있는 숫자였다.

그 뒤에는 몸이 버티지 못하리라.

유리검처럼 부서져 더는 싸울 수 없는 몸이 될 것이 분명했다.

'목숨은 건질 수 있을까?'

저도 모르게 실소한 신조는 돌연 상체를 일으켜 세웠다.

기감은 펼쳐 두지 않았지만, 날카로워진 청각에 익숙한 발소리가 감지되었기 때문이다.

신존가 문 쪽을 보았다.

문이 벌컥 열리며 반가운 얼굴이 드러났다.

"신조 어르신!"

청조였다.

한달음에 달려와 자신에게 와락 안기는 청조를 얼결에 마주 안은 신조는 처음엔 당황했지만, 이내 청조를 안은 팔에 힘을 주었다.

새삼 생에 대한 집착, 아니, 열망이 다시 타오르는 것 같았다.

청조는 감정이 북받쳤는지 반쯤 우는 것이나 다름없었다.

신조는 그런 청조를 보듬으며 문 쪽으로 다시 시선을 두었다.

유성이 아랑처럼 능글맞게 웃고 있었다.

"구사일생하셨는데 감동의 재회를 빼놓으면 섭섭하지 않습니까."

청조가 머물고 있던 일비의 은신처와의 거리를 생각해 본다면, 아마도 권신과의 싸움이 있은 직후 전서구를 보내 청조를 불러들인 모양이었다.

신조는 유성에게 괜한 짓을 했다고 쏘아붙일 수 없었다.

아니, 오히려 고마움을 느꼈다.

신조의 표정이 부드럽게 변하자 문가에서 알짱거리던 홍초 역시 고개를 쏙 내밀며 말을 보탰다.

"그런데 아직도 어르신이라고 부르는 거예요? 부부 사이에 참."

홍초는 킥킥킥 웃었고, 신조의 품에 안긴 청조는 아무 말도 없었다.

반가운 마음에 와락 신조의 품에 안기긴 했지만, 막상 등 뒤에서 다들 보고 있다고 생각하니 부끄러워 죽을 지경이었다.

얼굴을 맞댄 것은 아니지만 살을 맞대고 있던지라 신조는 그런 청조의 마음을 알았다.

아니, 비단 구경하는 이들 모두 알았다.

뒤에서도 보이는 청조의 귓불이 금방이라도 터질 것처럼 붉었다.

어디서 나타났는지 애묘가 홍초에게 물었다.

"그럼 뭐라 불러야 할까?"

"음, 무난하게 가가?"

애묘는 깔깔 웃으며 바로 고개를 내저었다.

"아무리 내가 신조랑 같이 늙어 가는 처지라지만,
그건 좀 아닌 것 같다."

나이 차가 자그마치 사십 년이니 가가는 무리였다.

이십 년 터울인 검제에게 가가라 부르는 사정혜도
꽤나 괴짜 취급을 받으니 말이다.

"무난하게 상공도 있지 않습니까?"

참으로 오랜만에 도철이 목소리를 내었다.

애묘는 눈썹을 꿈틀하더니 이번에도 고개를 가로저
었다.

"에이, 상공은 너무 딱딱하다."

어느새 화기애애한 잡담의 장이 열리고 말았다. 당
사자들은 쏙 빼놓고 말이다.

유성은 이쯤 놀리면 되었다는 듯 한창 열을 올리려
는 애묘와 홍초를 달랬다.

"자자, 부부끼리 오붓하게 회포라도 풀라 하고 자리
를 비켜 주는 것이 어떻겠습니까?"

애묘는 희미한 미소와 함께 바로 돌아섰고, 도철은
약간 어깨를 늘어트리며 애묘를 따랐다.

홍초는 가기 전에 마지막으로 신조와 청조를 돌아보며 소리쳤다.

"이번에야말로 무리하면 안 된다는 거 잊지 마세요!"

신조는 침묵했고, 청조는 얼굴을 붉혔고, 유성은 방문을 닫았다.


신조의 방을 나서자마자 일행의 표정은 다시 진지해졌다.

바로 옆에 자리를 잡은 애묘가 유성에게 물었다.

"어떻게 됐어?"

"안 좋습니다."

애묘는 인상을 찡그리긴 했지만 크게 실망하지도 않았다.

"그런 거 같아. 이쪽 분위기도 심상치 않으니까."

"거기장군이 광룡의 주구일 가능성은 없나요?"

애묘 옆에 자리를 잡은 홍초가 조심스럽게 끼어들었다.

유성은 미간을 좁히며 답했다.

"그건 없다만…… 그렇다고 아예 우리 편이라 생각

할 수도 없을 것 같습니다."

일비가 접촉하긴 했지만, 거기장군은 십비가 아니었다. 암왕이나 일비에게 진 빚이 있는 것도 아니었고, 친분 관계가 두터운 것은 더더욱 아니었다.

유성이 모두가 이해하기 쉽도록 설명했다.

"대장군을 잃은 지금 대장군부는 두 파로 나뉘어져 있습니다."

유성은 양손을 들어 올렸다.

이야기하며 손으로 설명을 곁들이는 것은 아랑의 버릇이기도 하였다.

"광룡 전체를 황실에 대적하는 역적으로 보아 대장군의 원수를 갚아야 한다는 무리가 하나이고, 다른 하나는 광룡의 말마따나 백룡 혼자서 이반 행위를 한 것이라 믿는 무리입니다."

"전자는 이해가 가는데, 후자는 바보 아냐?"

직설적인 물음에 유성이 어색하게 웃었다.

"정말로 순진하게 광룡의 말을 믿는 이들도 있겠습니다만…… 대다수는 실리를 따지고 있을 공산이 높습니다."

"줄을 바꿔 타겠다, 이거지?"

"예. 이미 광룡이 황실을 장악한 마당이니 황제를 끼고 있는 광룡과 싸우는 것이 쉽지 않을 테니까요."

무장들은 싸움이 끝난 뒤를 생각했다. 대승상과 대장군이라는 시대의 영걸들이 죽었으니 모든 것이 재편될 것은 불을 보듯 빤하였다.

황실의 백관들도 별반 다르지 않았으니, 무장들만을 탓할 수도 없었다.

하지만 애묘는 기가 찬다는 듯 헛웃음을 터트렸다.

"군부에 있다는 놈들이 왜 그렇게 패기가 없어? 그냥 황도로 밀고 들어가서 황제를 구하면 되는 거지. 잘못해서 황제가 죽어도 광룡에게 덮어씌우면 되잖아?"

과격한 내용이었다. 특히 마지막이 말이다.

유성은 반사적으로 주변을 둘러본 뒤 빠르게 말했다.

"큰…… 일 날 소리긴 합니다만, 그것도 맞는 이야기긴 하죠. 복수를 원하는 주전파의 생각도 그러하니까요. 하지만 변방과 국경을 지키는 자들이 또 문제입니다. 인망이 높은 대장군이 건재하다면야 이들의 뜻을 규합할 수 있었겠지만, 지금 남은 자들만으로는…… 글쎄요, 국경을 지키고 있는 변경군이 오히려 황도를 점령한 북부 원정군과 대장군부를 역적으로 지목하며 다시 난리를 일으킬지도 모릅니다. 그렇게 되면 제는 정말 끝도 없는 내전으로 치달리겠죠."

"개판이다, 개판."

애묘는 짜증을 냈다. 정말이지 무엇 하나 마음에 드는 것이 없었다.

눈치만 보던 홍초가 얼른 유성에게 물었다.

"그래서 결국 거기장군은 두 파벌 중 어느 쪽에 속해 있는데요?"

대장군 사후 실권을 쥔 것은 거기장군이니 그의 의사가 가장 중요했다. 애묘와 도철 역시 그게 핵심임을 깨닫고 다시 유성의 얼굴을 쳐다보았다.

모두의 시선이 다소 부담스러운지 유성이 약간은 주저하며 입을 열었다.

"아직 명확한 의사 표명은 없지만 아마도……."

유성은 돌연 말끝을 흐렸다.

유성을 비롯해 방 안에 있는 모두는 오랜 시간 무공을 익힌 무인들이었다. 자연히 범인들보다 청각이 발달하였고, 남들이 듣지 못하는 것도 들을 수 있었다.

도철은 괜히 방구석을 바라보았고, 유성은 미묘한 표정이 되었다.

홍초는 뺨을 살짝 붉히며 중얼거렸다.

"내가 분명히 무리하지 말라고 했을 텐데."

"뭐, 어때. 난 오히려 신조가 많이 회복한 것 같아서 좋은걸?"

이번에는 유성과 도철마저도 얼굴을 붉힐 수밖에 없게 만든 애묘는 자리에서 벌떡 일어섰다. 발끝으로 홍초의 허벅지를 툭툭 건들며 모두에게 말했다.

"다른 방으로 가자."

반대하는 이는 없었고, 모두는 방을 나섰다.

❧

대장군의 오른팔을 자처할 수 있던 거기장군인 만큼 대장군 사후 북부 원정군의 실질적인 권한은 모두 거기장군의 손에 들어갔다.

지난 며칠간의 시간은 사상자를 추리고 병력을 재편하는 데 차고도 넘칠 시간이었다. 이제는 어느 쪽으로는 북부 원정군이 다시 움직임을 보일 때였다.

북부 원정군의 지휘본부는 여전히 싸움이 벌어졌던 평원에 펼쳐져 있었다.

거대한 막사 안에 자리를 잡고 앉은 것은 거기장군을 필두로 하는 대장군부의 핵심 무장들이었다.

네모지고 구릿빛이 나는 얼굴을 한 만인장 구휼은 생김새처럼 우직하고 곧은 남자였다. 하달받은 명령대로 싸우는 것 외에는 모르는 자였기에 만인장보다 높은 자리에는 오를 수 없었지만, 그만큼 부리는 자 입장에서는 필요한 곳에 믿고 쓸 수 있는 인물이기도 하였다.

스스로 생각하기보다는 명령받기를 좋아하는 구휼이었던지라 대장군이 죽자 자연스럽게 그 후임이라 할 수 있을 거기장군의 수하를 자처하였다.

"그자들의 말을 어디까지 믿어야 합니까?"

살아남은 대장군부의 핵심 무장 가운데 하나인 만큼 구휼도 이번 사태의 내막에 대해서는 모두 들었다.

생각하기 싫어하고 명령에만 충실하고자 하는 우직한 구휼이었지만, 그렇다고 바보는 아니었다. 귀에 들리는 대로 믿기에 앞서 사실 여부를 확인하고 싶어 했다.

거기장군은 희미하게 웃으며 막사 안에 모인 무장들을 돌아보았다. 그는 무장들보다 한 발 앞서 일비와 접촉했던 만큼 보다 자세한 내막을 알고 있었다.

얼굴이 희고 잘생겨 신장과도 같은 풍모를 자랑하는 거기장군은 자신보다 열 살은 위인 구휼에게 거침없이 말하였다.

"모두 사실일 거다. 광룡이 모반을 일으킨 것이겠지. 작금의 모든 사태를 만든 것 또한 광룡이고 말이야."

천마회도, 천인회도 모두 광룡의 작품이다.

대장군의 죽음을 초래한 것 또한 그들이다.

광룡 대주 백룡이 대장군을 공격한 것이 그 증거였다.

구휼의 곁에 있던 만인장 조홍이 목소리를 낮춰 말했다.

"사실이라면, 말씀하신 대로 이는 역모입니다."

천인회와 천마회가 한통속이라는 사실은 많은 것들을 시사했다.

머리 제법 굴리는 자라면 애당초 이번 북부 원정군과 무림연합 천인회 사이의 충돌이 양측 모두의 힘을 깎아 내기 위한 광룡의 수작임을 눈치챌 수 있었다.

더욱이 나라를 떠받치는 기둥이라 할 수 있을 대승상과 대장군을 시해했으니, 역모 외에 다른 말로는 작금의 상태를 표현할 수 없었다.

거기장군도 알았다.

하지만 그는 조홍이나 다른 무장들이 기대한 답 대신 다른 답을 내놓았다.

"우린 이대로 진군해 무림연합을 완전히 해체시킨다."

"역적 놈들의 뜻을 그대로 따르실 생각이십니까?!"

구휼이 자리에서 벌떡 일어서며 되물었다. 스스로도 목소리를 높였다는 사실에 꽤 당황한 얼굴이었지만, 그래도 거기장군의 얼굴에서 시선을 돌리지는 않았다.

거기장군은 구휼의 반응에 노여워하지 않았다. 실상이 막사 안에 자리를 잡은 무장들 가운데 적어도 반수 정도는 구휼과 비슷한 생각을 하고 있을 터이니 말이다.

거기장군은 구휼에게 말하는 모양새를 빌려 막사 내의 무장들 모두에게 자신의 뜻을 전달하였다.

"무림연합은 위험하네. 이번 싸움에서 권신이 행한 짓거리를 보지 않았던가. 그런 규격 외의 초인은 이 세상에 필요하지 않아. 혼란만을 초래할 뿐이지."

아무리 보조가 있었다지만 사만 대군 사이를 가로질러 적장을 암살, 아니, 격살하려 했고, 거의 성공할 뻔했다.

이런 힘은 세상에 필요하지 않았다. 국가나 조직이 아닌 개인에게 이런 힘이 주어져서는 안 되었다.

구휼도 거기장군이 대충 무슨 뜻으로 말하고 있는지는 이해했다. 그 역시 제대로 표현할 수 없어 그렇지, 권신의 무지막지한 행보를 보며 본능적인 거부감을 느꼈기 때문이다.

하지만 그렇다 해서 광룡의 뜻을 그대로 따를 수도 없는 노릇이었다.

"하오나 그럼 황실은 어찌……."

광룡이 황실을 점령하고 있었다.

대승상도, 대장군도 없으니 어린 황제를 현혹해 정국을 좌지우지할 것이 불을 보듯 빤하였다.

거기장군은 어깨를 살짝 늘어트렸다. 이번에는 구휼이 아닌 다른 무장들을 돌아보며 말했다.

"대장군께서도 목숨을 잃으셨네. 자네나 나, 우리라 하여 다를 것이라 생각하나?"

사만 대군에 호위를 받는, 본인의 무위 또한 무시할 수 없는 고수인 대장군조차도 광룡의 손에 목숨을 잃었다.

항시 황실 절정고수들로 이루어진 호위들과 함께했던 대승상의 죽음은 이야기할 필요도 없었다.

구휼은 그래도 그냥 물러설 수 없었는지 우물쭈물이나마 입을 열었다.

"무릇 장수란……."

"용감하게 적과 싸우는 이이지. 하지만 그렇다 하여 개죽음을 자초할 필요가 있겠나? 그리고 우리에겐 아직 한 수가 남아 있네."

아무리 사실이라 하나 무작정 미약하다 밀어붙이기만 하면 없던 반발도 생기는 법이었다. 거기장군은 무장들의 마음에 적당히 위안이 될 말을 심어 주었다.

"십삼조."

권왕을 막은 신조.

적룡과 황룡, 녹룡을 격살한 암룡의 전설들.

"십삼조는 광룡과 결판을 지으려 할 것이야. 그러니

우리는 그들을 간접적으로 지원하는 데 그치면 되는 걸세. 십삼조가 광룡의 핵심 고수들과 동귀어진하면 가장 좋고, 핵심 고수들을 쓰러트리기만 한다면 두 번째로 좋지. 그저 핵심 고수들에게 치명상을 입히는 데 그쳐도 나쁠 것이 없단 말이야. 우리는 그렇게 만들어진 틈을 비집고 들어가면 되는 것일세."

실제로 거기장군이 노리고 있는 바이기도 했지만, 무장들에게 지금 행동의 당위성을 부여해 주기 위해 하는 말이기도 하였다.

우리는 역적들을 그냥 내버려 두는 것이 아니다.

그들의 뜻대로 놀아나는 것은 더더욱 아니다.

적을 제대로 치기 위해 때를 노리는 것이다.

잠재적인 위협 요소를 제거하며 기다리는 것이다.

"장수라 하여 그저 싸우는 것만을 생각해서는 아니 되네. 대국을 읽고 그에 맞는 행동을 택할 필요가 있지."

거기장군이 쐐기를 박듯 뱉은 말에 구휼은 입을 꾹 다물고 잠시 생각하더니 그대로 자리에 앉았다. 다소 석연찮은 구석이 남아 있었지만 거기장군의 말이 제법 그럴싸하게 들렸기 때문이다.

다른 무장들 또한 표정이 처음 이 자리에 착석했을 때보다는 꽤나 좋게 변하였다.

무장들의 반응이 원하는 대로 돌아가니 거기장군은 흐뭇하게 웃었다. 매끄러운 턱을 어루만지며 말했다.

"기다려 보세나. 상황이 어찌 흘러가는지 말이야."

십삼조의 뜻에도, 광룡의 뜻에도 따를 생각이 없었다.

거기장군은 거기장군 자신만의 이득을 위해 움직일 셈이었다.

대장군도, 대승상도 죽었다.

그렇다면 거기장군 자신이 추후 제의 권력자가 되지 말란 법도 없지 않은가.


다음 날 아침, 북부 원정군은 서진했다. 무림연합 천인회의 본부 진선도가 있는 방향이었다.

제36막
전야

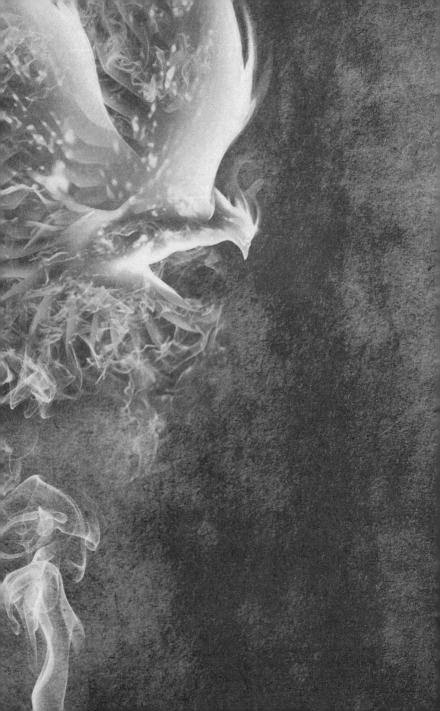

믿을 수밖에 없어. 그 수밖에는.

— 맹저

◐

잠에서 깨었다는 사실을 인지할 수 없었다.

여전히 잠을 자고 있다는 기분이었다.

꿈을 꾸고 있는 것인지, 현실을 보고 있는지 구분이
가지 않았다.

부유감이 좀 더 심해졌다. 허공에서 지상을 내려다

보고 있다는 기분이 들었다. 전투 시에 느끼던 객관화된 시각과는 또 달랐다.

신조 자신은 누워 있었다. 그야말로 멍한 얼굴이었다.

머릿속이 흐릿했다. 유체이탈이라는 것을 경험하고 있는 것일까? 그래서 신조 스스로의 얼굴을 볼 수 있는 걸까?

"신조 어르신!"

신조는 눈을 번쩍 떴다. 청조의 얼굴이 보였다. 눈시울이 붉었다.

"괜찮으세요? 저 알아보시겠어요?"

단순히 금방 일어나지 않아서 저리 걱정하는 얼굴이 되었을 리 없었다. 숨이라도 잠시 멎었던 것은 아닐까?

'아직도 멍하군.'

태연히 딴생각이나 떠올릴 정도로.

신조는 상체를 일으켜 세웠다. 거리감이 희미했다. 자신의 팔을 잡고 있는 청조의 손에서부터 느껴지는 체온은 명확하게 느낄 수 있었지만, 어쩐지 모르게 눈앞에 있는 청조가 멀게만 느껴졌다.

"애묘를, 애묘를 불러 줘."

목소리도 멀게 느껴졌다.

청조는 고개를 끄덕인 뒤 자리에서 벌떡 일어섰다. 서둘러 방을 나섰다.


"응급처치지만 썩 훌륭하게 된 것 같아. 평소에는 내가 말해 준 혈도를 막고 있어."

애묘의 말이 또렷하게 들렸다. 정신을 산만하게 만들던 부유감도 많이 줄어들어 이제는 거의 느끼지 못할 정도였다.

애묘가 무슨 조치를 취했는지는 명확히 알 수 없었지만, 적어도 신조 자신에게 이로우면 이로웠지 해가 되는 조치는 아닐 터였다.

신조가 어색하게 웃으며 물었다.

"싸울 때만 풀고?"

"그래. 아직 확신할 순 없지만, 나중에 싸움이 모두 끝나면…… 지금 방법으로 부작용을 억누를 수 있을지도 몰라."

애묘가 조치를 취한 부분은 정확히 말하자면 혈도라기보다는 '차크라'가 통하는 통로였다.

애묘의 의술은 중원의 것과는 기실 기원부터를 달리하였다. 영맥인 차크라를 자극해 인체를 활성화시키는 것이 애묘가 익힌 의술의 비밀이었다.

"맹저가 있었다면 조금 더 확실하게…… 아니, 됐어."

고개를 가로저어 스스로의 말을 끊은 애묘는 다른 이야기로 화제를 돌렸다.

"북부 원정군이 서진을 개시했어. 아무래도 거기장군은 무림연합과 결판을 볼 생각인 모양이야."

"일비가 사람을 잘못 봤군."

지금 상황에 무림연합을 치러 서진하겠다는 것은 광룡의 황실 지배를 묵시적으로 허용한다는 것이나 다름없었다.

신조가 거기장군의 얼굴을 떠올리며 불쾌하다는 듯 눈썹을 꿈틀거리자 애묘가 한숨을 내쉬었다.

"일비도 어쩔 수 없었으니까. 암왕 언니가 십비를 너무 오랫동안 방치해 둔 것도 잘못이라면 잘못이었고 말이야. 전대에 비해 십비들의 조직력이 너무 약해졌어."

비단 약해진 것은 조직력만이 아니었다. 십비가 할

수 있는 일 자체가 줄어들었다.

당장에 십비 가운데서 실제적으로 십삼조의 도움이 되는 것은 그 반수도 못 되었다.

눈을 꽉 감은 신조는 숨을 크게 소리 내어 골라 보았지만, 답답함이 해소되지는 않았다.

권신을 쓰러트렸지만 결국 일은 또다시 광룡의 뜻대로 흘러갔다. 이대로 무림연합과 북부 원정군이 재충돌하면 많은 사상자가 나올 테고, 어느 쪽이 이기든 이후 제는 길고 긴 싸움에 휘말릴 터였다.

애묘는 걱정하는 신조의 얼굴을 바라보았고, 저도 모르게 무심코 말하였다.

"뇌호 오라버니나 아랑이나…… 너도 똑같구나."

"애묘?"

신조가 눈을 떠 애묘에게 되물었다.

애묘는 고개를 가로저었다.

"아니, 아무것도 아니야. 아무튼 이리된 이상 제일 처음 계획대로 가는 수밖에 없을 것 같아."


─천룡과 용왕대주를 죽여 광룡 자체를 와해시킨다.

어려운 일이었다. 설사 성공한다 할지라도 이미 굴러가기 시작한 역사의 수레바퀴를 멈추지 못할지도 몰랐다.

"결행은?"

"너무 서둘러서 좋을 것도 없어. 일단은 몸부터 확실히 회복시켜 놔. 우리 예전에 반란 막는답시고 출동해서 삼 일 내내 골방에만 처박혀 있던 거 기억나니?"

"기억나지. 그날 처음으로 골패를 다 외웠으니까."

벌써 삼십 년도 더 지난 해묵은 기억이었다.

애묘가 신조의 머리를 쓰다듬었다.

"거기장군이 무림연합을 공격하는 데 필요하다며 황실 고수들을 요청했어. 광룡이 과연 순순히 고수들을 황실 밖으로 내보낼지 모르지만, 내보낸다면 우리에게 기회가 될 거야."

"거기장군이 우릴 돕는 건가?"

"간접적으로만 도울 생각인 것 같아. 실제로 무림연합과 싸우기 위해 황실 고수들이 필요한 것도 사실이고 말이야. 이번 전투로 죽은 지휘관의 수가 어마어마하잖아."

십삼조의 뜻대로 이번 사태가 종결된다 할지라도 화근은 남아 있었다. 황실은 이제 본격적으로 무림을 경계할 것이 분명했다.

언젠가는 광룡이 아니라 황실의 의도에 의해 무림 말살을 꾀할 가능성도 있었다.

하지만 벌써부터 그런 가능성을 논하는 것은 신조에게나 애묘에게나 당장으로서는 너무 벅찬 일이었다.

애묘는 자리에서 일어서며 말했다.

"아무튼 일어난 김에 밥 먹자. 한 상 차려 올 테니까 기다리고 있어."

신조는 따라 일어서는 대신 고개만 끄덕였다.


백룡은 삼 일 밤낮을 가리지 않고 말을 달려 황도에 도착했다. 그를 먼저 반긴 것은 청룡이나 흑룡 같은 다른 대주들이 아닌, 녹룡의 죽음이란 비보였다.

십삼조 따위에 왜 그리 힘을 쏟는지 모르겠다며 투덜거리던 용아도 이제는 무어라 입을 열지 못했다.

광룡 여섯 대주 가운데 전열에 서서 직접 싸우는 대주는 넷이었다.

백룡, 황룡, 적룡, 녹룡.

그 가운데 셋이 죽었다.

흑룡과 청룡은 무인이라 할 수 없으니, 현재의 광룡은 전투력이 반파된 것이나 마찬가지였다.

백룡은 서둘러 용왕대주를 찾아갔다. 이미 황실을 사실상 장악하고 있는 광룡이었기에 황실 내에 백룡의 활보를 막을 자는 없었다.

광룡 본부 자체는 이전과 크게 달라진 것이 없었다. 하지만 가장 결정적인 것이 변하였다.

가장 상석이라 할 수 있을 용왕대주의 자리에 용왕대주가 아닌 천룡이 자리했다.

백룡은 천룡 앞에 급히 무릎을 꿇었다. 실로 오랜만에 마주하는 천룡의 위세였다.

강해졌다.

이제는 삼신의 수준을 넘어섰음에 분명했다. 사황오제에 필적한다고 자신하는 백룡이었지만, 천룡의 강함은 제대로 짐작조차 할 수 없었다.

천룡은 이번 일이 어그러진 것에 대해 백룡을 탓하지 않았다.

천룡의 곁에 시립한 용왕대주는 오히려 백룡을 달래

듯 부드럽게 말했다.

"그래도 일이 완전히 어그러지는 않았다. 권신을 잃은 것은 안타깝지만…… 나중을 생각하면 오히려 잘된 것일 수도 있다. 그도 언젠가는 제거해야 할 인물이었으니 말이다."

북부 원정군은 지금 무림연합 천인회와의 결판을 짓기 위해 서진 중이었으니 과정이야 어찌 되었든 광룡의 본 계획, 그 자체는 무너지지 않았다.

권신은 광룡의 주구로 활약하긴 했지만 결국엔 무림에 적을 둔 존재, 더욱이 천룡 외에는 손쓸 방도가 없는 초절정의 고수였으니 앞으로 광룡의 행보를 생각한다면 언젠가는 제거해야 할 인물이 맞았다.

백룡은 무어라 변명하는 대신 그저 고개만 숙였다.

용왕대주가 다시 말했다.

"네 잘못이 아니다. 신조가 권신을 이길 수 있을 것이라고는 나도 생각하지 못했으니 말이다."

그야말로 의외의 일이었다.

애당초 신조와 애묘, 둘만 남은 십삼조가 무림연합과 북부 원정군 사이에 난입한 것부터가 예상 외였으니 말이다.

"그보다 신조가 권신을 어떻게 이길 수 있었는지가 중요하다. 백룡, 네가 본 것을 낱낱이 말해 보아라."

이미 대략적인 사항을 전서를 통해 앞서 보내긴 하였지만 전서에 담을 수 있는 정보량은 너무 적었다.

백룡은 자신과 광룡 무사들이 목격한 것들을 종합해 보고했다.

"기파를 흡수했다는 말인가?"

용왕대주가 놀라 물었다.

천룡 또한 눈매가 변하였다.

백룡이 고개를 끄덕였다.

"소문의 흡성대법과는 다소 달랐습니다. 사실 흡수했다기보다는 기파 그 자체를 흩어 놓았다는 느낌이었습니다."

적룡과의 싸움 때에 아랑이 했던 일과 같았다.

"그렇다면 마지막 일격 직전에 권신이 주춤했던 것도 무언가가 있다는 것인가……."

아랑의 탐랑과 달리 애묘의 사갈은 시각적으로 두드러진 특징이 없었다.

신조가 무슨 수를 썼기 때문인지, 아니면 권신에게 어떤 문제가 생겼기 때문인지 구분하기 어려웠다.

용왕대주는 천룡의 안색을 살폈고, 천룡은 턱짓으로 용왕대주와 백룡에게 물러갈 것을 명하였다.

두 사람이 예를 표하고 방을 나서자 혼자가 된 천룡, 창룡은 무겁게 눈을 감았다.

백룡이나 용왕대주와 달리 창룡은 일이 어떻게 돌아갔는지를 거의 명확하게 짐작할 수 있었다.

신조를 제외한 십삼조 개개인이 어떤 절기를 이어 받았고, 그들의 극의가 무엇인지 모두 아는 창룡이었다.

'신조가 아랑과 애묘의 극의를 익혔다.'

절기를 이 짧은 시간에 습득하는 것은 무리였다.

십삼조 각자의 절기에 포함된 극의만을 급히 익혔음이 분명했다.

십삼조 개개인이 물려받은 절기들.

그것을 한 몸에 담았을 때 나타나는 결과.

신조가 당금 무림의 천하제일을 자처할 수 있는 권신을 죽였다.

죽일 수 있었다.

결국 창룡 자신이 오래전부터 품어 왔던 우려가 현실이 되어 찾아온 것일까?

"혈랑마존."

고금제일마, 십삼조의 스승.

창룡은 반사적으로 뇌기를 일으켰다.

그 옛날, 혈랑마존을 제압한 폭뢰의 힘이었다.

☯

상황은 어려웠지만 할 수 있는 일이 한정되다 보니 준비 자체는 수월했다.

—광룡을 멸한다.

어떻게 멸할 것인가.

대주들을 모두 죽인다.

광룡의 진정한 주인이라는 천룡을 쓰러트려 광룡의 맥 그 자체를 끊어 버린다.

황실에 잠입할 필요가 있었다.

오래도록 무인의 침입을 거부해 온 황도에서 불리하기 짝이 없는 싸움을 펼쳐야만 했다.

일비는 사람을 뽑았다.

이 또한 단순했다. 함께할 수 있는 이가 한정되었기 때문이다.

결사대.

그렇게밖에 생각할 수 없는 이들의 명단 첫째 줄에는 신조의 이름이 올라갔다.

그다음은 애묘였다.

암룡의 전설, 십삼조도 이제 겨우 둘밖에 남지 않았다.

개개인이 아니라 함께했기에 전설이라 불릴 수 있었지만, 이제는 모으고자 해도 모을 힘이 없었다.

일비는 아랑의 맥을 이은 유성과 애묘의 맥을 이은 도철 또한 이름을 올렸다.

유성은 아랑의 빈자리를 부족하게나마 채워 줄 수 있었다.

전력이 하나라도 더 필요한 지금, 암룡에서도 활약했던 암부인 도철의 이름을 제할 수는 없었다.

십비 가운데서는 홍초가 이번 일에 참여하였다.

삼비는 행방이 불명이었고, 이비인 도신 사주헌은 아직까지 소식이 없었다.

육비인 귀영신투는 십비를 떠나 버렸으니 실제로 투

입할 수 있는 전투 병력이라고는 안타깝게도 홍초 하나뿐이었다.

도황이 건재했다면 어땠을까?

검제가 병상에 누워 있지 않았다면 사정혜를 통해 도움을 청할 수 있지 않았을까?

모두 무익한 망상에 불과했다. 일어날 수 없는 일을 지금 바라는 것은 아무 짝에도 쓸모가 없었다.

일비는 자신이 지금까지 기른 병력들 또한 이 일에 투입하였다.

정보상과 주루를 겸하는 천하제일루는 막대한 금력을 갖추고 있었다. 그리고 금력을 유지하고 지키기 위해서는 그에 준하는 무력이 반드시 필요한 법이었다.

일비는 휘하 무사들 가운데 가장 믿을 수 있는 이들 오십을 추려 명단에 이름을 올렸다. 그들은 이번 일의 내막에 대해서는 제대로 알지 못할 터였다. 그저 일비 자신의 명이 있기에 싸우는 자들이었다.

이런 이들을 사지라고 해도 과언이 아닐 곳에 밀어 넣어야 한다는 사실이 가슴 아팠지만, 별다른 도리가 없었다.

결사대의 수는 모두 합쳐 오십오 명.

적었다.

결코 많지 않았다.

하지만 일비는 계획을 변경하지 않았다.

'힘이 더해질 것이다. 반드시.'

무림연합의 일에 침묵하고 있는 천검문이지만 이번 일비의 황실 침투에까지 침묵할 가능성은 낮았다. 도움을 청하였으니 반드시 답이 돌아올 터였다.

이비 도신 사주헌 또한 이대로 저 먼 남쪽 땅에 틀어박혀 있을 리가 없었다.

'북부 원정군, 아니, 이제는 무림정벌군이라 이름을 바꾼 일단의 무리를 위해 황실 고수들이 파견을 나서기로 약조한 날은 앞으로 이틀 뒤. 그러니 거기에 다시 여유를 둔다.'

황실 고수들이 황도를 떠나 멀리 나가기를 기다린다.

떠난 직후 치지 않아 대비하고 있을 적들의 마음을 느슨하게 만든다.

아예 북부 원정군과 무림연합이 충돌해 어수선한 틈을 이용한다.

일비가 결정한 결사의 날은 앞으로 열흘 후였다.

◑

정파 최강 천검문은 천마회의 습격 이후 봉문을 선언했다.

당연한 수순이었다. 너무 많은 고수들이 목숨을 잃었다. 천검문의 정신적 지주인 검신의 부재는 참으로 뼈아프게 다가왔다.

검제는 병상에서 천인회의 패배와 권신의 죽음에 관한 소식을 접하였다.

검제는 무인이었지 정치가가 아니었다. 때문에 세상의 시류를 읽는 눈이 다소 어두웠고, 복잡한 정치적 모략 같은 것도 꿰뚫어 볼 수 없었다.

하지만 그렇다 할지라도 당금 무림연합과 관군의 싸움이 어떤 결과를 야기할지는 쉬이 알 수 있었다.

어째서 일이 이렇게까지 된 것일까?

천검문은 천마회가 광룡의 것임을 알고 있었다. 하지만 그럼에도 불구하고 손을 쓰지 않은 것은 광룡이 황실의 기관이었기 때문이다.

"만약 황실이 진정으로 무림을 노리고 있는 것이라면 어찌하겠느냐?"

지금은 이 세상 사람이 아닌 검신의 이야기였다.
검신조차 두려워한 것이 당금의 상황이었다.

―무림과 관이 충돌한다.

어느 쪽이 이기든 이후의 미래는 어두웠다.
장문인 대리직을 수행하고 있는 첫째 사형 정에게 일비의 서신이 전달되었고, 정은 다시 검제를 독대하며 일비의 일을 의논하였다.
황실에 침투해 광룡을 멸한다.
천검문은 이에 힘을 보탤 것인가, 말 것인가.
장문인 대리 정은 두 가지를 걱정하였다.
하나는 광룡을 제거하는 데 실패할 경우였고, 다른 하나는 광룡을 제거했음에도 불구하고 황실이 이미 시작된 무림과의 싸움을 그만두지 않을 경우였다.
광룡을 제거하면 모든 일이 잘 해결될 여지가 있었다.

천인회는 무림연합을 표방하고 있지만 여기에 힘을 보태지 않은 이들도 무림 전체 세력의 절반은 되었다.

천인회에 참가한 문파들을 일벌백계하는 것으로 일이 마무리된다면, 그로써 무림을 유지할 수 있다면 그것만으로도 다행이었다.

하지만 천검문이 힘을 보탰음에도 불구하고 광룡 제거에 실패하면 모든 것이 어그러질 터였다.

이제는 천검문이 천인회에 속하지 않았다는 사실도 유명무실해졌다. 광룡의 칼끝은 천검문을 향할 것이 분명했다.

광룡을 제거했음에도 불구하고 황실이 싸움을 멈추지 않을 가능성 또한 높았다. 한 번 휘두른 칼은 회수하기 어려운 법이었다.

더욱이 대장군이 죽었다. 무림의 무인들이 그 수가 적다 하나 무척이나 위협적인 존재라는 것은 이제 온 천하가 다 아는 사실이었다.

'혜아가 있었다면 좋았을 것을.'

검제는 돌연 떠오른 살성 사정혜의 얼굴에 실소했다.

그녀의 결정은 언제나 단순하고 호쾌했다. 속된 말처럼 무식하여 용감한 것이 아니었다. 그녀는 복잡한 여러 조건들에 현혹되지 않고 늘 문제의 핵심을 찔렀다.

사정혜라면 어떻게 행동했을까?

생각하는 순간, 답이 나왔다.

'어찌 되었든 광룡을 부숴야지. 어차피 놈들을 멸하지 못하면 천검문의 미래는 어두워. 더욱이 검신 할아버지의 원수들이잖아? 다른 거 다 제쳐 둔다고 해도 그 사실이 남아 있어. 스승의 원수를 눈앞에 두고 우리가가가 가만히 있지는 않겠지?'

귓가에 사정혜의 목소리가 들리는 것 같았다.

검제는 고개를 끄덕였다. 맞는 이야기였다. 고민할 여지 자체가 없는 일이었다.

검신.

천검문의 기둥이자 검제 백강호 자신의 스승인 천하제일검.

그분의 목숨을 앗아 간 광룡이었다.

같은 하늘을 이고 살아갈 수 없는 적이었다.

검제는 장문인 대리 정에게 급히 자신의 뜻을 담은

서신을 보냈다.

정파 최강 천검문이 언제까지고 몸을 웅크리고 있을 수는 없었다.

지금은 먼저 검을 뽑아야 할 시기였다.

●

칠정도 종목은 도황과 마주 앉아 있었다. 눈동자를 굴려 서신을 모두 읽은 그는 서신의 주된 내용보다는 다른 것에 집중하였다.

"홍초가 딸…… 아니, 따님이셨습니까?"

서신을 보낸 것은 홍초였다.

'아버지'인 도황에게 지원 병력을 요청한다는 내용이 실려 있었다.

그럭저럭 거동은 할 수 있게 된 도황은 동물 가죽을 덧댄 의자에 등을 묻으며 고개를 끄덕였다.

"그래, 내 딸 맞을 거다. 아마도…… 음, 그래. 아마 맞을 거야. 도에 재능이 있잖나."

사실 확신할 순 없었다.

품었던 여자가 한둘이던가.

더욱이 도황 자신이 지고지순한 여인들만 품은 것도 아니었다. 홍초는 몇 번인가 즐겨 품었던 기녀의 아이였다.

무에 재능이 있고 머리 회전이 빨라 도법을 전수했을 뿐만 아니라 나름 아끼기도 하였지만, 세간의 아버지가 딸을 사랑하는 것과는 다소 거리가 있을 터였다.

종목은 도황이 입에 올린 수식 어구들을 모두 생략했다.

어찌 되었든 딸일 가능성이 높다. 아니, 딸로 여기고 있다.

그런데 종목은 이날 이때까지 그 사실을 모르고 있었다.

"제가 모르는 게 또 뭡니까?"

"이젠 없네."

도황은 즉답했고, 종목은 미간을 찌푸렸다.

모르긴 해도 캐내다 보면 몇 가지 비밀이 더 나올 것이 분명했지만, 그것도 이제는 다 귀찮았다.

종목과 도황은 배 위에 있었다. 백룡강에서 미묘한 경쟁자로 여기는 백룡채의 배를 사서 중앙으로 향하던

참이었다.

도황은 여전히 무공을 사용할 형편이 못 되었다. 처음 예상했던 것처럼 적어도 반년은 요양해야 할 처지였다.

반면에 종목은 부상을 모두 회복했다. 격전 중에 얻은 깨달음도 있어 오히려 실력이 한층 성장했다.

종목은 혀를 한 번 차 소리를 내더니 도황의 옆에 털썩하고 앉았다.

"솔직히 톡 터놓고 말해서 녹림은 사실상 망했습니다."

"망했지."

도황이 대수롭지 않다는 듯 말했다.

종목은 저도 모르게 한숨을 내쉬었다.

"제가 여기 왜 붙어 있는지 모르겠군요."

"그야 자네는 의리의 사나이지 않은가."

녹림에서의 싸움 이후 무언가 커다란 것을 잃어버린 자처럼 살아가던 도황이었지만, 요 며칠 내에 또 어찌 기운을 차렸는지 싱글싱글 웃기도 잘하였다.

유들유들한 모습이 천마회와 격돌하기 이전의 그를 보는 것 같았다.

종목도 결국에는 웃고 말았다.

"많이 회복되신 모양입니다."

"그래도 아직 칼을 들긴 무리야."

사실 다시 잡을 생각도 그다지 없었다.

신조가 권신을 쓰러트렸다는 사실에 흥분했긴 했지만, 딱 거기까지일 뿐이었다.

종목은 도황의 마음을 모두 헤아리지 못했다. 예전에는 그것을 꽤나 한탄스럽게 여겼지만, 지금은 그렇지도 않았다.

녹림이 망했다는 사실을 입 밖으로 내었더니 응어리라도 해소된 것일까?

도황을 대하는 태도가 한결 부드럽고 편해졌다.

"홍초, 아니, 이제는 홍초 아가씨라고 불러야 할까요?"

"자네 마음대로 부르게나."

"그냥 홍초라고 부르도록 하죠. 아무튼 홍초는 지금 우리에게 지원을 요청하고 있습니다. 황실에 틀어박힌 광룡을 쳐야 하는데 힘이 부족하니 남은 밑천까지 털어 달라는군요."

"나도 글자 읽을 줄 안다네."

"무리의 수장 된 자로서 당연한 소양이죠, 그건."

"못 읽는 놈들도 많더만."

이야기가 옆길로 새었지만 수습하는 것은 어렵지 않았다. 도황과 종목은 서로의 의중을 읽고 있었기 때문이다.

"또 하나 더 터놓고 이야기하면, 사실상 지금 움직일 수 있는 녹림 최고수는…… 접니다."

"그것 또한 알고 있지. 내 오른팔 아닌가."

종목은 허탈하게 웃었다. 이 배 안에 타고 있는 녹림의 잔존 고수들 명단을 머릿속에 떠올리는 한편, 출발하기 전에 도착했을 것이 분명한 서신을 지금에야 보여 주는 도황의 꿍꿍이에 대해서 생각했다.

'아니, 관두자.'

종목은 고개를 내저었다. 생각하는 대신 그냥 물었다.

"제가 얼마 안 남은 녹림 고수들을 데리고 사지로 가야 하는 이유가 뭡니까?"

"단순하지."

종목과 도황은 갑판 위에 올라 있었기에 강바람을 그대로 느낄 수 있었다. 바다와도 비견되는 백룡강의 광활함을 눈에 담으며 도황이 말했다.

"자네 말대로 녹림은 망했어. 그런데 녹림을 망하게 만든 게 누군가? 나인가? 그래, 까놓고 말해서 내 결정이 끼친 영향이 크지. 그러니 그런 눈으로 쳐다보는 건 관두지. 그리고 자네도 알다시피, 결국 녹림을 망하게 만든 것은 광룡이야. 그들은 어차피 우리 녹림을 칠 생각이었으니 말이야."

천마회와 천인회.

작금의 무림연합과 북부 원정군의 충돌만 보아도 모든 것이 명확했다.

광룡은 애당초 녹림을 칠 생각이었다.

그들과의 싸움은 '필연'이었다.

도황과 종목은 녹림의 고수였다.

아무리 좋은 말을 갖다 붙여도 결국 녹림은 도둑놈들의 소굴이었다. 그리고 도둑들의 세계에는 아주 간단한 불문율이 존재했다.

—당한 것은 열 배를 쳐 갚는다.

"원수를 쳐 원한을 푼다. 이보다 더 간단한 이야기

가 있나?"

도황의 말대로였다.

이리저리 따질 것 하나 없었다.

광룡은 녹림의 원수였다.

종목은 허리춤의 도를 만지작거렸다.

얼마 전, 도황이 자신에게 물려준 명도, 수라였다.

"다녀와서 녹림을 재건하면, 이건 이제 완전히 제 겁니다."

"그러라고 준 수라다. 홍초라도 부인으로 얹어 주리?"

"생각해 보지요."

홍초는 이제 스물 안팎이니 마흔 언저리인 종목보다는 한참이나 어렸지만, 그 정도 나이 차이야 우스웠다.

도황이 히죽 웃었다.

"도둑놈 새끼."

"도둑놈 맞지 않습니까?"

"그래, 맞지."

도황과 녹림 고수들을 태운 배가 백룡강을 갈랐다. 배는 중앙으로 향했다.

선인(仙人)들과 신장(神將)들이 인세를 떠난 이후 도술은 크게 쇠락하였다. 하지만 무림이 열린 이후 선골(仙骨)을 타고나지 않은 범인(凡人)들 또한 익힐 수 있는 무공이 눈부시게 발전한 것처럼, 선인이 아닌 자도 쓸 수 있는 주술 또한 새로운 영역을 개척하는 데 성공했다.

당금 무림에서 가장 뛰어난 주술사를 꼽으라 한다면 누구나 주저 없이 사황오제삼신 가운데 일원인 사황(邪皇)을 꼽을 것이 분명하였다.

그리고 둘째부터는 의견이 제법 갈릴지 모르나 그래도 열에 일곱은 귀곡문주 귀곡자를 꼽았다.

귀곡문주 귀곡자는 누가 봐도 도인이라 생각할 외양의 소유자였다. 흰 수염은 배꼽에 닿을 만치 길었고, 반들반들 머리털 하나 없이 깨끗한 머리통을 대신하듯 길게 자란 눈썹은 광대뼈에 닿았다. 황색 도복을 입고 손에는 쇠로 만든 지팡이를 들었으며, 허리춤과 소매 안에는 다양한 부적들이 주렁주렁 매달려 있었다.

늙었으나 얼굴이 희고 주름이 적었으며, 눈은 맑고 총기가 흘렀다. 이러하다 보니 귀곡자는 어딜 가나 눈에 띄었고, 외출 시에는 사람의 시선을 피하기 위해 커다란 삿갓을 즐겨 썼는데, 이 때문에 오히려 더 눈에 띄는 일이 많았다.

귀곡자는 객잔에 앉아 있었다. 그리고 이날은 귀곡자를 눈 여겨 보는 이가 없었다. 객잔은 전세 냈고, 그나마 남아 있는 열댓 명의 무리들은 모두가 귀곡문의 문도들이었기 때문이다.

귀곡자의 맞은편에는 젊은 여도사가 앉아 있었다. 스승과 달리 길고 풍성한 머리털을 가졌는데, 그 색이 파란 것이 무척이나 특이했다. 눈동자 색 역시 금빛에 가까우니 선녀같이 어여쁜 얼굴과 한데 어울려 신비로운 분위기를 자아냈다.

귀곡자가 먼저 말했다.

"길흉을 살폈다."

"전 스승님이 살피실 줄 알고 안 살펴봤습니다."

일반적인 사제 관계라면 호통이 나올 맹랑한 대꾸였지만 귀곡자와 제자와의 관계는 조금 특별했다.

귀곡자는 대수롭지 않다는 듯 자기 할 말만 하였다.

"황도행은 대흉(大凶)이다."

"그럼 가지 말아야겠네요."

"하지만 이대로 지켜보는 것 역시 대흉이다."

제자가 얼굴을 구겼다.

"천 길 낭떠러지에 떨어져 죽느냐, 적의 칼에 맞아 죽느냐 상황이란 말씀입니까?"

"그렇지, 그런 셈이지. 뭘 해도 죽는 판국이니 어떻게 죽을지를 고르면 된다, 제자야."

똑같이 죽는 길이라 해도 과정이 다르니 고민해 볼 여지가 있었다.

아니, 이번 일은 그런 죽음의 선택과는 다소 달랐다. 똑같이 대흉이라 할지라도 어느 한쪽은 분명 생로를 열 여지가 있을 터였다.

하지만 제자는 본연에 충실한 제자답게 일단 스승에게 물었다.

"스승님 생각은 어떠하십니까?"

"네놈 생각은 어떻더냐?"

스승은 스승답게 제자에게 되물었다.

제자가 구시렁거렸다.

"중앙에 다 와서 물어보시는 건 또 뭡니까? 잠시 기다려 보십시오."

그리 말한 제자는 품에서 엽전 하나를 꺼냈다. 제에서 통용되는 정식 화폐가 아닌, 그냥 구리를 녹여 만든 일종의 장난감 같은 것이었다.

앞뒤를 구분하듯이 전(前) 자와 후(後) 자가 새겨진 엽전을 제자가 허공에 던지자 두 치 정도 치솟았던 엽전이 탁자 위에 떨어져 핑그르르 돌았다.

제자와 스승의 눈에 보인 글자는 전(前) 자였다.

"가시죠."

제자는 말했고, 스승은 고개를 끄덕였다.

문파의 명운이 걸려 있을지도 모를 중대사를 이딴 걸로 결정하느냐 제자를 타박하는 대신 순순히 그 뜻에 따랐다.

애당초 제자도, 스승도 신통력을 얻은 지 오래인지라 이런 결과가 나올 것을 알고 있었다.

"그래. 구비(九匕) 자리에 있으니 무엇 하나라도 역할은 해야 사리에 맞겠지."

무림과 관이 대립하고 있는 형편이기에 많은 문도들을 데려올 수는 없었다. 기껏해야 이 객잔 안에 있는

무리가 대동할 수 있는 문도의 전부였다. 하지만 이 정
도면 충분하였다.

"가 보자꾸나."

"예, 스승님."

귀곡자와 제자, 귀곡문도들은 객잔을 나섰다. 이들
은 이미 중앙 땅에 도달해 있었다.

◐

사황은 자리에 앉아 천 리 밖을 내다보는 천리안의
소유자였다. 하지만 그녀는 지켜보기만 할 뿐, 사황의
자리를 물려받은 이래 단 한 번도 일월문을 나선 적이
없었다.

일월문은 본래 중원인들이 마교라 부르는 일월성교
에서 파생된 문파였다. 일월성교와 일월문의 목표는
구주 아흐라 마즈다, 천마지신의 강림뿐이었다. 때문
에 일월성교도, 일월문도 먼저 공격받지 않는 이상 세
상사에 나서는 일이 극히 드물었다.

그렇기에 사황은 이번에도 지켜보기만 하였다. 사황
이 직접 싸움터에 나서야 했던 백 년 전 혈랑마존의 혈

겁 때와 지금은 다르다는 판단하에서였다.

하지만 이제는 아니었다.

"권신이 한쪽 편을 들었으니, 저울추의 균형을 맞추어야겠지."

사황오제삼신은 '돌아올 혈랑마존'을 막기 위해 존재했다. 그러기 위해 이어 온 맥이었다.

그런데 당금에는 권신의 돌발 행동으로 모든 것이 어그러지고 말았다.

권신이 검신을 죽였다.

뿐만 아니라 창제와 검황을 끌어들여 무림과 관군의 공멸에 일조하려 했다.

사황은 일월문을 나서진 않았다. 하지만 이미 광룡에 대적할 십삼조를 도울 채비를 모두 갖춘 상황이었다.

사황은 지도를 내려다보았다. 미쳐 버린 용(龍)에 맞설 신조(神鳥)에게 사방으로 흩어져 있던 힘이 모이고 있었다.

"하지만 과연 천룡(天龍)을 자처할 만하구나."

이 싸움의 추이가 향후 제의, 중원의 운명을 결정지을 터였다.

십삼조의 옛집은 여전히 같은 자리에 우뚝 솟아 있었다.

홍초와 청조가 걸레로 바닥을 닦아 먼지를 씻어 냈고, 유성이 망가지고 무너진 곳을 수리하였다.

적을 치기 전에 마지막으로 머무는 거점이었다.

일비가 준비해 준 무사 오십 명은 다른 곳에 있었다. 하나둘 모이고 있다는 지원 세력 또한 신조와는 다른 길을 택해 침투할 예정이었다.

신조는 솥을 닦고 아궁이를 청소했다.

애묘는 참으로 오랜만에 뒷산으로 나물을 캐러 갔다.

애묘를 따라간 도철이 맡은 역할은 사냥이었다.

도철이 운 좋게 잡아 온 토끼와 꿩에 애묘가 캐 온 나물들, 미리 가져온 쌀과 몇 가지 찬거리를 합치니 푸짐한 상을 차리기에 조금도 부족함이 없는 식재가 모였다.

요리는 숙련된 숙수인 청조의 몫이었다.

홍초가 옆에서 거들었고, 유성과 도철은 기다리는 동안 각자의 병장기를 손봤다.

신조와 애묘는 집 주변을 둘러보았다.

십삼조의 수련장이었던 토굴 일곱 개 역시 여전했다. 산 아래라 하나 인적이 드문지라 산짐승들이 집으로 삼을 만도 하건만, 누가 쓴 흔적 같은 것은 보이지 않았다.

신조는 처음으로 다른 십삼조의 토굴에 들어가 보았다.

애묘 역시 남의 토굴에 들어가 보는 것은 처음이었다.

각자의 토굴은 대체로 대동소이했지만, 그래도 몇 가지 다른 부분들이 있었다.

창룡의 토굴은 그저 넓기만 할 뿐, 그 외에는 아무것도 없었다. 벽면 곳곳에 날카로운 흔적이 남아 있었다.

뇌호의 토굴은 정교하게 만들어진 군사 모형들로 가득했다. 커다란 나무 탁자 위에 펼쳐 둔 지도를 보니, 아무래도 저 위에서 모형들로 모의전을 펼쳤던 모양이다.

요호의 토굴은 넓고 커다란 침상 하나와 서예를 할 수 있는 공간이 마련되어 있었다.

　아랑의 토굴은 그야말로 서류의 바다였다. 커다란 함마다 종이가 수북했는데, 죄다 암호로 쓰여져 있어서 읽을 수 있는 것이 없었다.

　애묘의 토굴은 침상 하나와 남녀노소 여덟 개의 커다란 인형이 있었다. 저 인형들을 통해 인체에 대해 공부했다고 애묘가 첨언했다.

　맹저의 토굴은 아랑의 토굴과 비슷했다. 차이점이라면 함이 좀 더 적고, 안에 채워진 것이 문서가 아닌 부적이란 사실뿐이었다.

　신조의 토굴은 창룡의 토굴과 같았다. 그저 넓은 공간. 신법과 살법을 익히기 위한 장소.

　창룡의 토굴을 들어갈 때만 해도 희미한 미소를 그릴 수 있었다. 하지만 토굴을 하나하나 지나 신조 자신의 토굴에 이르렀을 때는 그러지 못했다. 복받치는 감정에 숨을 쉴 수 없었다.

　애묘가 신조의 손을 꽉 잡았다.

　신조 역시 그러했다.

　아직 둘이 남아 있었다.

세상 어딘가에 창룡과 요호도 있을 것이 분명했다.

"황실에 쳐들어가는 날이 올 줄은 몰랐어."

"나도 몰랐지."

신조는 되는대로 말했고, 애묘도 그러했다.

"이번 일이 끝나면, 이번에야말로 진짜 은퇴하는 거야."

"아예 새외로 나가 버릴까?"

"그것도 좋네."

두 사람은 킥킥거렸다.

새외. 중원 밖의 세상.

이야기는 많이 들었다. 스승님은 기회가 있을 때마다 새외(塞外)가 아니라 아예 세외(世外) 이야기가 아닌가 싶을 정도로 신비하고 기묘한 이야기들을 많이 들려주셨으니 말이다.

혈랑마존.

스승님은 고금제일마였다.

무림 역사상 최악의 살인마였다.

신조도, 애묘도 그것을 언급하지는 않았다.

비겁한 회피일지 모르지만, 아니, 아마도 그것이 맞

을 터였지만 입 밖에 내지 않았다.

살인자의 아이는 살인자인가?

살인자의 무공을 이은 자 역시 살인자인가?

스스로를 위한 변명일지 모르지만, 신조는 아니라 생각했다.

신조가 애묘에게 물었다.

"은퇴하고 나서는 어떻게 지냈어?"

"참 빨리도 묻는다."

"그것도 그러네."

애묘는 털썩하고 바닥에 앉았다. 엉덩이에 흙이 묻을 터지만 조금도 신경 쓰지 않는다는 태도였다. 어깨를 으쓱이며 말했다.

"별거 없었어. 그냥 가끔 남자들 꾀고, 여기저기 돌아다니면서 사람들 치료해 주고, 맛난 거 먹고 마시고⋯⋯."

흥얼흥얼 노래하듯 말을 잇던 애묘는 어느 순간 말꼬리를 흐렸다. 신조의 얼굴을 들여다보더니 잔망스럽게 웃었다.

"왜? 남자들 꾀고 다녔다니까 신경 쓰여? 우리 유부남 씨?"

신조는 고개를 끄덕였고, 애묘는 폭소했다.

"넌 어쩔 생각이었는데?"

"그냥……."

얼마 되지도 않은 일이었다. 아직 일 년도 되지 않았으니 말이다.

처음 도철에게 은퇴해도 좋다는 이야기를 들었을 때, 은퇴한 후 무엇을 해야 하나 멍해져서 산길을 걸었을 때.

신조는 눈을 감았다.

"그냥 형이랑 누나들 찾아가서 같이 하하호호 떠들며 늙어 갈 생각이었지."

요호가 말했던 것처럼 십삼조 모두가 옛날처럼 한집에 모여 살며 즐겁게, 행복하게.

애묘는 자신 앞에 선 신조에게 손을 내밀었다.

신조는 그 손을 잡아 주었고, 애묘는 신조의 팔에 이끌려 자리에서 일어섰다. 엉덩이를 터는 대신 손가락 끝으로 신조의 가슴을 찔렀다.

"이번 일이 끝나면 창룡 오라버니랑 요호 언니를 찾자."

아직 다 끝난 것이 아니니까.

아직 넷이나 남아 있으니까.

"그래."

신조는 웃으며 고개를 끄덕였다.


식사는 즐거웠다. 청조의 요리 솜씨는 여전히 발군이었고, 홍초가 아끼고 아끼던 비장의 물건이라며 꺼낸 술 역시 흥취를 돋우기 좋았다.

밤이 깊었고 각자 잠잘 곳을 찾아 하나둘 술자리를 떠났다.

도철과 유성은 십삼조의 남자들이 머물던 방에 자리를 잡았다.

홍초와 애묘는 여자들이 머물던 방에 들어갔고, 신조는 청조와 함께 스승님이 주무시던 방으로 향했다.

스승님의 방이라 해서 다른 방들과 크게 다른 구석이 있는 것은 아니었다. 그냥 다른 방보다 조금 더 작은 것이 전부였다.

아침부터 부지런을 떨며 햇볕에 말려 둔 보람이 있는지 침구는 뽀송뽀송하니 기분 좋은 부드러움을 선사했다. 신조와 청조는 나란히 누웠다. 누가 먼저랄 것도 없이 입을 열어 도란도란 이야기를 나누었다.

그야말로 잡스러운 이야기들이었다.

신조는 어린 시절의 이야기를 했다.

청조도 하오문에서 자라며 보고 들은 것들을 두런두런 입에 올렸다.

신조가 모든 일이 끝나면 창룡과 요호를 찾아 떠날 거라 말했다. 나중에는 중원이 아닌 새외에 살 거라고도 말했고, 청조는 편히 마님 소리 듣고 살기는 그른 것 같다며 푸념을 늘어놓았다.

과거와 미래를 논했다. 하지만 바로 코앞에 닥친 내일을 이야기하지 않았다.

내일.

십삼조는 황도에 침투한다.

광룡과 생사결의 싸움을 벌여 모든 일의 결착을 낸다.

이불 속에서 청조가 신조의 손을 꽉 움켜잡았다. 신조의 것에 비해 작고 부드럽고 따스한 손이었다.

시선은 오가지 않았다. 언제나처럼 신조가 먼저도 아니었다. 청조가 신조의 품에 파고들었다. 가슴 위에 올라타며 물었다.

"돌아오실 거죠?"

신조가 부드럽게 미소 지었다.

청조의 보드라운 뺨을 꼬집었다.

"그래."

두 사람은 입술을 포개었다.

밤이 깊었다.

제37막
침투

그래, 어쩌면 그날 모두 이미 정해졌던 것일지도 몰
라.

— 신조

◑

태양이 떠올라 제 전역을 비추었다.

드넓은 제였지만 아침을 맞이하는 것은 동쪽 끝과
서쪽 끝이 같았다.

북부 원정군과 천인회는 서쪽 땅에서 서로를 마주하

였다.

천인회는 북부 원정군의 진군을 늦추기 위해 밤마다 야습을 시도했지만 황실 고수들이 원정군에 합류한 이후로는 이렇다 할 성과를 거둘 수 없었다.

두 무리는 이전처럼 쉬이 싸움에 임하지 않았다. 서로 마주한 채 시간을 보냈고, 어느덧 해가 져 다시 밤이 찾아왔다.

검제는 천검문 고수들을 이끌 수 없었다.

검제를 대신하고 나선 것은 개벽검 도제일이었다.

관군의 감시를 피하기 위해 소금장수로 변장해 황도에 진입한 영웅검은 황혼이 번질 무렵이 되자 싸울 준비를 갖추었다.

미리 챙겨 온 천검문의 푸른 무복을 입고 허리에 천검문의 상징인 검을 찼다. 그리고 그것은 휘하 검수들 역시 마찬가지였다.

천검문의 검수는 영웅검을 포함해 모두 열 명이었다. 하지만 하나하나가 검기상인 절정에 이른 고수였으니, 누구도 무시 못할 하나의 '세력'이었다.

영웅검이 맡은 방향은 서쪽이었다.

귀곡자와 그의 제자 청원은 무슨 짓을 해도 눈에 띄는 외모의 소유자들이었던 터라 평소처럼 삿갓을 눌러쓰고 약장수 흉내를 냈다.

　귀신의 눈으로 세상의 경계를 보는 이들에게 인세의 직업은 모두가 공평했다. 문주와 소문주의 몸으로 남들이 천하다 하는 약장수 흉내를 내는 데 조금의 주저함도 없었다.

　황혼의 보랏빛이 하늘을 물들이니 오가는 이들도 하나둘 줄어 갔다.

　길바닥에 앉아 약을 팔던 귀곡자가 점을 보았다.

　이번에는 흉이었다.

　청원은 대흉이 아닌 게 어디냐 웃으며 앞장섰다.

　귀곡자가 맡은 방향은 남쪽이었다.


　칠정도 종목은 부유한 거상처럼 잘 차려입고 가마에 올랐다. 외모가 하나같이 흉흉하기 짝이 없는 녹림 고수들도 좋은 옷을 입고 장신구로 치장하니 제법 거상의 호위무사들처럼 보였다.

　도황은 녹림 무리가 숙소로 삼은 고급 객잔에 남았다.

지금 종목과 함께하는 녹림 고수들은 사실 녹림에서 가장 강한 무리들이 아니었다. 하지만 다들 의리가 깊거나 도황에 대한 개인적인 충성심을 가진 자들이었다.

황도 침투는 목숨을 거는 일이었다. 흑도인 이상 문도 모두가 망해 버린 녹림을 위해 목숨을 걸고 나서길 기대하는 것은 그야말로 무리였다.

종목은 마차 안에서 두 손을 가볍게 비볐다. 이왕지사 목숨을 거는 것이니 복수 말고도 이후에 챙길 좋은 것들을 생각했다.

수라를 이어받았으니 도황의 도법도 이을 것이 분명했다.

늘 부하로만 생각했지 여자로 본 적이 없는 홍초였지만, 아무튼 따지고 보면 톡톡 튀는 매력이 있는 미녀였다. 더욱이 종목 자신보다 한참이나 어리지 않던가. 목소리가 좋으니 교성도 감미로울 것이 분명했다.

종목은 기분 좋은 상상으로 스스로의 마음을 가다듬었다. 마차 밖의 녀석들도 이것저것 도황이 약속한 것들을 상상하며 싸울 준비를 하고 있을 것이 분명했다.

흑도의 무리였다. 대의 같은 것은 머릿속에서 지워 버렸다.

칠정도 종목과 녹림 고수들이 맡은 곳은 북쪽이었 다.

집 앞에 모여 떠날 준비를 하는데 돌연 홍초가 몸을 부르르 떨었다.

바로 옆에 있던 애묘가 열이라도 재듯 홍초의 이마 에 손을 얹으며 물었다.

"왜 그래?"

"그냥 갑자기 오한이 들어서요."

별일이라는 듯 주변을 슬쩍 돌아본 홍초는 분위기를 쇄신하듯 옷매무새를 다듬었다.

도철은 암룡에서 입던 암행복을 입었다.

유성 역시 어디서 구했는지 똑같은 옷을 입었는데, 특이하게 양쪽 허리에 검과 도를 모두 찼다.

십삼조는 황궁 지하에 있는 비밀 통로를 통해 침투 할 예정이었기에 굳이 변복을 하지 않았다.

홍초는 평소에 입던 것보다 조금 더 명도가 낮은 검 붉은 옷을 걸친 게 전부였다.

애묘와 신조는 검은 암행복을 입었다. 도철과 유성의 것과는 달랐다. 적어도 그들보다 두 세대 이전의 암행복이었으니 말이다.

유일하게 싸움에 나서지 않고 집에 남는 청조는 평소처럼 푸른 옷을 입고 나머지 모두를 마중하였다.

신조는 떠나기 전에 마지막으로 옛집과 토굴들을 돌아보았다. 많은 것을 담은 미소를 그리며 청조에게 시선을 두었다.

"다녀올게."

"기다릴게요."

담백한 인사였다. 그 이상은 필요하지 않았다.

신조는 발걸음을 내딛었다.

무림과 황실 모두의 운명을 건…… 십삼조의 마지막 임무였다.

❂

당금 황제는 아직 어린아이에 불과했다. 십 년도 되지 않을 평생을 대승상의 소맷자락 안에서만 살았기에 황궁, 그것도 황제가 거하는 천궁만이 어린 황제의 좁

디좁은 세상이었다.

황제는 대승상의 죽음을 직관적으로 이해했다.

대승상은 황제를 가두는 담장이었다. 하지만 동시에 황제를 보호하는 방벽이기도 하였다.

대승상의 죽음을 구태여 재차 보고하는 용왕대주를 마주했을 때, 황제는 이해했다.

용왕대주가 새로운 담장이다.

황제는 자신의 삶에 만족하고 있었다. 아직 어렸기에 그저 하루 종일 후궁들과 신나게 놀기만 해도 되는 하루하루가 썩 마음에 들었다. 그러니 담장이 대승상에서 용왕대주로 바뀐다 하여 불편할 것 하나 없었다.

그래야만 했다.

하지만 황제는 불길함을 느꼈다. 그래도 만인지상의 자리에 오른 황가의 핏줄이 흐르기 때문인지, 아니면 어떤 동물적인 본능인지 대승상이 죽음에서 까닭 모를 두려움을 느꼈다.

황제는 침소에 제일 좋아하는 연귀인을 불러다 놓고 그 품 안에 파묻혔다. 대승상에 의해 귀인 자리에 오른 연귀인 역시 어려 이제 겨우 나이 열다섯에 불과했지만, 그래도 황제보다는 돌아가는 정국을 잘 알고 있었다.

대승상이 죽었으니 황제는 몰라도 연귀인 자신은 이제 끝이 난 것이나 다름없었다. 천애고아인 몸인지라 황실에서 내쳐지면 어디를 가야 할지 막막하기만 하였다.

연귀인은 뭣 모르고 품에만 파고드는 황제에게 자신을 버리지 말라 속삭이는 대신 마주 끌어안았다. 온기를 나누며 황실에서 쫓겨나는 내일이 오지 않기만을 바랐다.

해가 지고 있었다.

밤이 찾아왔다.

◗

암왕은 고개를 들었다.

천룡이 가끔씩 부를 때 외에는 한 발자국도 나설 수 없는 처소는 창문 하나 없어 낮과 밤도 구분할 수 없었다. 하지만 암왕은 지금이 밤이라는 것을 알았다.

"이 시간에 날 찾아온 이유는 무엇이지? 더욱이 직접 행차하다니 놀랍구나."

암왕은 창룡 앞에서 태연을 가장했다.

어쩌면 모든 것이 틀어진 지금, 마지막 남은 자존심일지도 몰랐다.

창룡은 그런 암왕의 오기를 짓밟지 않았다. 그저 암왕의 앞에 털썩 마주 앉은 뒤 뒤따라 들어온 암화가 차를 따르기를 기다렸다.

암화가 물러났다.

처소에는 다시 암왕과 창룡뿐이었다.

창룡은 찻잔을 들어 올리며 말했다.

"아마도 오늘이 될 것 같소."

무엇이냐 되물을 필요는 없었다. 외부의 정보를 거의 접하지 못하는 암왕이었지만 창룡이 굳이 자신을 찾아왔다는 사실에서 일련의 흐름을 읽어 낼 수 있었다.

"기어코 형제자매를 모두 죽이려는 것이구나."

암왕의 목소리에는 독기가 묻어났다.

창룡은 동요 없이 차를 마셨다. 늙은 암왕의 살기를 정면에서 마주하며 말했다.

"혈랑마존."

이 자리에서 언급될 이름이 아니었다. 하지만 암왕은 순간 얼어붙고 말았다. 노성을 토하려던 입을 그대로 벌린 채 아무 말도 하지 못했다.

창룡의 얼굴에 자조 섞인 미소가 어렸다.

"당신은 스승님이 혈랑마존이란 사실을 알고 있었어. 그런데도 어째서 그의 말에 따랐던 거지? 그가 자신의 뜻대로 하지 않으면 당시의 황제를 죽이겠다고 협박이라도 했던 건가?"

말은 하대가 되었고, 격렬한 노여움은 그대로 드러났다.

암왕은 십삼조의 스승이 혈랑마존이라는 사실을 알았다. 황제나 다른 권신들은 몰랐을지 몰라도, 적어도 광룡과 암룡의 수뇌인 용왕대주와 암왕은 그 사실을 알았음이 분명했다.

그리고 지금 암왕의 반응이 그러한 창룡의 추측을 증명하고 있었다.

황실은 혈랑마존을 받아들였다.

그 힘을 이을 아이들까지 준비하였다.

암왕은 무어라 반박하고 싶었다.

창룡이 생각하는 것과는 일의 전후가 다름을 지적하

고 싶었다.

하지만 목소리가 나오지 않았다.

말을 자아낼 수 없었다.

창룡이 계속 말했다.

"혈랑마존은 언젠가 자신 외에 다른 혈랑마존이 무림에 돌아올 것이라 말했다. 그렇기에 사황오제삼신은 맥을 이어 가며 훗날 돌아온 혈랑마존에 맞설 힘을 길러 왔다."

그것이 사황오제삼신의 비전이었다.

혈랑마존은 죽지 않았다.

그의 후인이 다시 무림에 돌아올 것이다.

"돌아올 혈랑마존."

창룡은 어깨를 늘어트렸다.

방금까지 토했던 노성 때문에 진이라도 빠진 것처럼 허무하게 웃었다.

암왕은 사황오제삼신의 비전을 지금 창룡에게 처음 들었다. 하지만 그 비전과 창룡의 지금 반응으로 하나의 사실을, 창룡이 생각하고 있는 바를 유추해 낼 수 있었다.

"설마……."

차마 말을 잇지 못했다.

강하게 부정하고 싶었지만, 근거를 쉬이 마련할 수 없었다.

창룡의 허무한 웃음이 이어졌다.

"우리 십삼조 개개인이 물려받은 절기. 그것들을 하나로 모으면 어떻게 될까? 신산(神算)이라고까지 불린 당신이 이런 것 하나 생각해 보지 않은 것은 아니겠지?"

십삼조는 스승의 절기를 하나씩밖에 잇지 못했다.

혈랑마존의 기예를 하나씩 나눠 가졌다.

쪼개진 기예.

하나의 원판을 여러 조각으로 나누었다.

그렇다면 그 조각을 모으면 다시 원판을 만들 수 있지 않을까?

"신조가 애묘와 아랑의 절기를 익혔다. 그리고 권신을 꺾었지."

조각난 절기 가운데 셋을 모았다. 그것으로 무림에서 천하제일무를 자처할 수 있던 권신을 꺾었다.

신조는 본래 실전에서 가진바 실력보다 더 뛰어난 성과를 내던 아이였지만, 그렇다 해도 넘지 못할 선이라는 것이 존재했다.

그런데 그 선을 넘었다.

그것도 무척이나 짧은 기간 만에 말이다.

"혈랑마존."

신조가 맹저와 뇌호의 절기도 익히면 어떻게 될까?

요호의 절기마저 손에 넣으면, 그리하여 여섯 개의 절기를 모두 모으면 대체 무엇이 될까?

답은 자명했다.

"돌아올 혈랑마존."

새로운 고금제일마가 탄생한다.

십삼조는 애당초 새로운 혈랑마존을 낳기 위한 그릇에 불과하다.

"아니야, 아니야! 그럴 리가 없다!"

암왕이 소리를 높였다. 하지만 그 외침에는 간절함만이 어려 있을 뿐이었다. 그 어떤 논리나 설득력도 담지 못했다.

"자신할 수 없겠지. 없을 것이야."

창룡은 눈을 감았다.

마지막으로 마주한 지 벌써 사십 년 가까운 세월이 지났지만 지금도 명확히 떠올릴 수 있는 스승의 얼굴을 머릿속에 그려 보았다.

"십삼조는 혈랑마존의 후예다. 스승님은…… 그 사람은 우리들 가운데 하나 혹은 그 이후의 명맥 가운데 하나가 절기를 모두 익히고 혈랑마존이 될 것이라 생각했음에 분명하다."

최강최악, 최흉의 마두.

"그 사람은…… 그 사람은 대체 우릴 무어라 생각한 것이었을까?"

가족이라 말했다.

그가 말한 가족은 대체 무엇이었을까?

그의 이야기 속에 나오던 그의 옛 가족이란 대체 어떤 존재들이었을까?

창룡은 눈을 떴다.

스승의 기억을 공유하는 암왕에게 자신의 오른 손바닥을 펴서 보여 주었다.

"내가 익힌 것이 무엇인지 아나?"

홀로 다른 것을 이어받았다.

다른 제자들과는 완전히 이질적인 힘을 이었다.

"폭뢰신창(爆雷神槍). 일백 년 전 스승님을, 혈랑마존을 막아 낸 귀신의 혈족의 무공이지."

전수한 이유는 무엇인가.

어째서 혈랑마존의 후예와 폭뢰신창의 후예를 하나로 엮었단 말인가.

창룡은 다시 소리 내어 말했다.

"내게는 혈랑마존을 제압할 수 있는 폭뢰신창을 주었어. 그리고 나머지 제자들에게는 혈랑마존의 힘을 쪼개 나누어 주었지."

"아니야! 넌 지금 잘못 생각하고 있다. 창룡!"

암왕이 서둘러 말했다.

하지만 창룡의 생각은 이미 확고했다.

그럴 수밖에 없었다. 창룡은 지금 뒤틀려 있었다. 이유야 어찌 되었든 뇌호와 맹저, 아랑을 제 손으로 죽였다는 사실을 인정하기 위해, 그것을 합리로 만들기 위해 스승의 그림자 속에서 허우적거렸다.

"스승님의 의도 따위는 이제 생각하지 않겠다. 난 내가 해야 할 일을 할 것이야."

"네가 해야 할 일이 형제를 죽이는 것이더냐!"

윽박지름은 이미 애걸이었다. 노성도, 무엇도 아니었다.

창룡은 자신이 왜 암왕을 죽이지 않고 살려 두고 있

는지 다시 한 번 깨달았다.

그녀는 십삼조의 어미였다.

그녀가 어쩌다 스승님을, 그 괴물을 사랑해 십삼조를 자식처럼 여기게 되었는지는 모르겠지만, 그 사실 하나만은 분명하였다.

창룡이 자리에서 일어섰다.

"오늘 밤 혈랑마존의 죄업을 끊을 것이다. 그리고 더 이상 사황오제삼신도, 무림도 존재하지 않을 것이야. 이 '제'라는 나라 역시 새로 태어나겠지."

일비의 계획 따위 간파한 지 오래였다. 그리고 그렇기에 내버려 두었다. 대승상의 측근들을 이용해 황도에 개구멍을 만든 것도, 창룡 자신과 용왕대주가 오늘 밤 어디에 있을지 알아내 야습을 준비하는 것도 모두 그대로 놓아두었다.

부순다.

압도적인 힘으로 모든 모략을 무의미하게 만든다.

창룡은 암왕의 거처를 나왔다.

달도 흐려 어두운 밤을 가로질렀다.

바람이 말해 주었다.

신조가 오고 있다.

용왕대주는 오늘이 그날이라는 사실을 알았다.

본래라면 오지 말았어야 할 날이었다. 천룡이 폐관을 깨고 나오기 전에 광룡의 힘으로 모두 정리했어야 할 일이었다.

암룡의 전설 십삼조.

용왕대주는 그들을 오래전부터 알고 있었다.

아주 오래전부터 말이다.

눈을 감으면 지금도 국경 밖 야만족들의 거주지가 떠올랐다. 수천 명을 하룻밤 사이에 모두 죽인 뒤 별일 아니라는 듯 웃으며 농담을 지껄이던 그 남자의 얼굴이 아른거렸다.

혈랑마존.

그가 혈랑마존이라는 사실을 알았을 때, 안도했다.

역시. 그래, 그랬구나.

그런 '괴물'이 세상에 또 있을 리 없지. 있어서는 아니 되지.

십삼조는 혈랑마존의 전인이었다.

그 사실을 명확히 인지했을 때 떠올린 생각은 하나 뿐이었다.

모두 죽여 없애야만 한다.

혈랑마존의 맥을 끊어야 한다.

무림에서, 아니, 세상사 전반에 걸쳐 연좌죄란 흔한 일이었다. 혈랑마존의 무공을 익혔다는 사실 하나만으로도 십삼조는 죽어 마땅했다.

천룡은 예외였다. 그는 혈랑마존을 막기 위한 무공을 익혔다.

어째서일까?

혈랑마존 그 미치광이가 갑자기 변죽을 부린 것일까?

아니면 폭뢰의 힘이라는 것부터가 사실 혈랑마존의 공갈인 것은 아닐까?

처음엔 반신반의했다. 천룡이 황실의 핏줄이 아니었다면, 그가 한때 모셨던 넷째 황자의 자식이 아니었다면 진즉에 손을 썼을 터였다.

사황오제삼신 가운데 일원인 권신과 접촉하면서, 그로부터 사황오제삼신의 비전을 듣고 난 뒤에는 확신할 수 있었다.

폭뢰의 힘은 진짜다.

천룡은 억울하게 죽어 간 넷째 황자의 뒤를 이어 새로운 세상을 열 구세주이시다.

그리고 다시 한 번 확신하게 된 것이 하나 더 있었다.

십삼조는 사라져야 한다.

자신을 쓰러트린 적의 힘마저 재현해 낸 그 흉신의 맥이 세상에 이어져서는 아니 된다.

용왕대주는 매화가 흐드러지게 핀 황궁 정원에 서 있었다. 매화궁은 본래 황실의 귀인들과 후궁들의 터인지라 뭇 남성들의 접근을 불허하였지만, 그런 계율을 무시하면서까지 해야 할 일이 있었다.

제의 역사가 시작된 지 삼백 년.

황실이 자리를 잡은 이래 증개축을 반복한 황실 지하 통로의 중심핵이 매화궁 정원 지하에 있었다.

가히 지하에 자리한 또 다른 황궁이라 불러도 좋을 만큼 복잡하기 짝이 없는 지하 통로였다.

십삼조와 그 조력자들이 황궁에 침투한다면 이 통로를 사용하지 않을 수 없었다. 그리고 그것이 오늘이라면, 놈들은 제 발로 지옥에 기어 들어가는 것과 같으리라.

무너트리거나 불을 지를 수는 없었다. 하지만 독무를 푸는 것이라면 간단했다. 새어 나온 독 때문에 몇몇 희생자가 나올 수도 있지만, 이는 권신을 쓰러트리고 혈랑마존에 다가선 신조를 제압해야 한다는 대의를 생각한다면 그야말로 약소한 희생일 뿐이었다.

독에 관해서는 천하제일을 자부할 수 있는 애묘에 대한 대책도 준비되었다. 황실 지하 통로에는 청룡이 설치해 둔 주술진이 존재했다. 과거 맹저가 있던 십삼조라면 모를까, 신조나 애묘는 간파할 수 없는 종류의 술법이었다.

용왕대주는 일비의 계획을 알았다. 그는 대승상의 측근들에게 접근했다. 대승상의 죽음으로 인해 실 끊어진 연같이 된 그들에게 광룡을 제거하고 다시 한 번 실권을 잡을 기회를 쟁취하라 말했고, 기어코 설득해 냈다.

나쁘지 않았다. 괜찮은 수완이었다. 하지만 문제는 너무나 빤한 수라는 사실이었다.

황실 내에서 십삼조를 도울 만한 인선을 찾으면 그들밖에는 나오지 않으니 말이다.

용왕대주는 이미 일비가 준비한 인선과 그들의 침투

로를 모두 꿰고 있었다. 천룡께서는 황궁의 중심, 천궁에서 직접 십삼조와 대적하겠다 말씀하셨지만, 용왕대주는 이를 순순히 지켜볼 수 없었다.

권신을 꺾은 신조였다.

천룡의 패배를 생각하는 것은 아니었지만, 만에 하나라는 것을 대비해야만 했다. 그리고 더 이상은 천룡께서 직접 십삼조를 참하는 일을 없게 하고 싶었다.

십삼조와 무림 세력은 결코 천룡의 존안을 마주하지 못하리라.

그렇게 만들고 말 것이었다.

용왕대주가 명령했고, 암룡 요원 몇이 지하 통로에 독무를 풀었다. 그것으로도 모자라 입구를 무너트려 완전히 봉해 버렸다.

달빛이 흐렸다. 그만큼 어두운 밤이었다.

용왕대주는 광룡 무사들과 함께 걸었다. 오늘 밤은 그도 직접 검을 들 생각이었다.


청룡은 황실 남쪽에 위치한 벽화궁에 서 있었다. 그는 오늘에서야 백룡과 용왕대주만이 알고 있던 사실들을 알았다.

십삼조가 제거된 것은 단지 그들이 위험할 정도로 유능해서가 아니었다.

혈랑마존의 일맥.

하지만 그렇다면 청룡 자신은 무엇일까?

그는 분명 맹저의 주술을 이어받았다. 혈랑마존이 맹저에게 가르쳤을 그 주술을 말이다.

절기는 이어받지 못했다. 신조가 쓴다는 극의 같은 것 역시 들어 보지 못했다.

그렇다면 그것으로 된 것일까?

그것만으로도 충분한 것일까?

맹저를 죽인 것은 그것이 명령이기 때문이었다. 십삼조는 앞으로의 대업에 방해가 될 요소이니만큼 미리 제거해야 한다는 것이 당시 들은 설명의 전부였다.

하지만 이제 진짜 이유를 알았다.

청룡 자신이 들었던 설명은 부가적인 것에 불과했다.

이 싸움이 끝나면 어떻게 될까?

청룡 자신은 새로 열린 세상에서 황실 최고의 주술사로서 살아갈 수 있을까?

맹저의 맥을 이었다 하여 토사구팽당하는 것은 아닐까?

용왕대주가 왜 자신에게 진실을 알려 주었는지도 이해할 수 없었다. 그저 때가 되어서라 생각한 것인지, 아니면 청룡 자신이 지금과 같은 의문을 품을 거라 생각하지 못했던 것인지 알 수 없었다.

오늘 밤.

청룡은 오늘 밤 이후 황실을 떠날 생각을 하였다. 십삼조와 마지막 결착을 지은 뒤 흑룡을 데리고 새외로 나가 새 인생을 살 생각이었다.

귀곡문주 귀곡자.

청룡이 오늘 밤 맞상대하기로 한 자였다. 맹저 때와는 달리 한바탕 술법 싸움을 펼칠, 좋은 상대였다.

청룡은 스스로의 마음을 차분하게 가라앉혔다.

기다렸다. 적이 다가오고 있음을 인지했다.

영웅검 도제일은 서쪽에서 방향을 틀어 북쪽으로 달렸다. 시간이 그리 넉넉한 게 아닌지라 경공을 최대한도로 펼쳐야만 했다.

"용왕대주는 우리의 침투로를 모두 꿰고 있을 것이 분명합니다."

황도에 도착했을 때 마주한 일비가 해 준 말이었다.

평생을 검술 수련에만 매진한지라 병법이나 수 싸움에 대해 잘 모르는 영웅검이었지만 일비의 말은 이해하기 쉬웠다.

영웅검이 보아도 황실 내에 일비의 편이 되어 줄 만한 이들은 빤하였기 때문이다.

그래서 일비와 유성은 이를 역이용하기로 하였다. 정보를 흘려 광룡과 임룡을 일비가 원하는 포진으로 배치시켰다.

"솔직히 말하겠습니다. 십삼조를 제외한 모두는 적의 병력을 분산시키기 위한 미끼입니다."

장기에는 두 가지 전법이 있었다.

하나는 차근차근 졸부터 차례대로 적의 말을 꺾어 왕의 목을 조이는 것이었고, 다른 하나는 적이 예상치

못한 기책을 발휘해 단번의 왕의 목숨을 취하는 것이
었다.

광룡과의 싸움은 후자가 되어야 했다. 전자의 싸움
을 하기에는 시간도 힘도 너무나 부족했다.

때문에 일비와 유성이 주목한 것은 어떻게 하면 신
조를 가능한 완전한 상태로 천룡과 대면시킬 수 있는
가 뿐이었다.

백룡이나 용왕대주와 같은 다른 대주들의 방해 또한
받으면 안 되었다.


"제 예상대로 일이 잘 풀린다면 당신은 백룡과 맞서 싸워
야 할 것입니다."


백룡이라면 대외적으로 알려진 광룡 최고수였다. 그
무위가 사황오제에 준할 만하다 했으니 맞서 싸워야
하는 영웅검 입장에서는 결코 행이라 할 수 없었다.

하지만 영웅검은 오히려 투지를 불태웠다. 같은 문
파에 속한 검제와는 아무래도 제대로 된 생사결의 싸
움을 할 수 없었다.

백룡과 생사결의 싸움을 펼친다면, 그래서 살아남을

수 있다면 영웅검 자신은 '하늘의 검'에 한 걸음 더 다가갈 수 있을 것이 분명했다. 하지만 이는 어느 정도 마음을 가다듬고 난 뒤의 이야기였다.

처음에는 영웅검도 자신이 백룡을 상대해야 한다는 이야기에 꽤나 당황했다. 그게 정말 일이 잘 풀린 결과냐며 짐짓 가시 돋친 농을 내뱉었을 정도니 말이다.

하지만 일비는 이런 영웅검의 말에도 단아한 미소를 그려 보였다.


"예. 그리고…… 당신은 혼자가 아닐 겁니다."


북쪽 침투로에는 칠정도 종목과 녹림의 고수들이 대기하고 있었다. 사파, 그것도 그야말로 정통 흑도라 할 수 있을 녹림의 무리와 협공을 해야 하는 판국이니 다른 정파 무인 같았다면 일비의 작전을 고사했을 것이 분명했다.

하지만 영웅검은 천검문의 무인이었다.

하늘의 검. 그것은 세상의 모든 검을 하나로 모은 궁극의 하나.

오로지 그것만을 꿈꾸며, 그것을 이루기 위해 매일 같이 검을 휘두르는 무광들의 집단이었다.

협공?

필요하다면 한다.

사파와 힘을 합친다?

검에는 본래 정과 사라는 것이 존재하는 않는 법이다.

어느 순간부터 영웅검은 칠정도 종목과 함께 달리고 있었다. 둘은 딱히 인사를 나누지 않았다. 그저 눈빛을 한 번 교환한 것으로 충분했다.

일비의 말처럼 길은 열려 있었다. 준비된 사지로 달려든다 생각하니 가슴이 절로 두근거렸다.

영웅검과 종목은 동시에 한 지점을 바라보았다. 하얀 무복을 입은 일단의 무리 중심에 남자 하나가 서 있었다. 척 보기에도 그 기세가 범상치 않은 고수였다.

백룡.

영웅검은 대검을 뽑아 들었다. 칠정도 종목은 수라를 뽑았다.

황궁에서의 첫 싸움이 시작되었다.

귀곡자는 문득 북쪽을 돌아보았다. 드넓기 그지없는 것이 황궁인지라 저 먼 곳에서의 싸움 소리가 들릴 리 없었지만, 새하얀 눈썹을 꿈틀거리며 귀를 쫑긋거렸다.

"시작되었구나."

영웅검 도제일과 칠정도 종목이 백룡과 격돌했다. 백룡 휘하 백검대는 녹림과 천검문의 고수들과 맞부딪쳐 상호 간에 피를 흘렸다.

청원은 아직 수행이 부족해 스승처럼 천리안을 갖추지 못한 터라 굳이 북쪽을 돌아보지 않았다. 그저 스승이 시작되었다 말하니 그런 줄 알 뿐이었다.

아니, 사실 아예 관심 자체가 없었다.

청원의 집중력은 모조리 전방을 향했다.

높고 튼튼한 성곽은 비어 있었다. 누구 하나 지키지 않았다.

하지만 귀곡자와 청원은 보았다.

둘은 보이지 않는 것을 보고, 들리지 않는 것을 들을 수 있었다.

"제자야."

"예, 스승님."

귀곡자는 삿갓을 고쳐 맸다.

청원은 아예 삿갓을 벗어 바닥에 내려놓았다.

귀곡문의 문도들은 저마다 부적과 술법 도구를 꺼내 들어 싸울 태세를 갖추었다.

이제 성벽은 멀지 않았다. 황궁 주위에는 민가가 들어설 수 없었기에 인기척은 없었다.

귀곡자가 말했다.

"적은 식신을 즐겨 쓰는 자이다."

"거참, 스승님과는 상성이 안 좋군요."

사람의 재능에는 한계란 것이 존재하는 법이었다.

귀곡자는 귀곡문주 자리를 이어받은 만큼 술법에 뛰어난 자질을 타고났지만, 그건 오행을 다루는 주술과 사령을 부려 만 리 밖을 내다보는 술법들에 한해서였다.

귀곡자는 식신을 잘 부리지 못했다. 그래도 수행해 온 장구한 세월이 있어 풋내기들이 보기에는 그 잘 부리지 못하는 식신도 대단한 수준이었지만, 상대는 황실제일술사인 청룡이었다. 어설픈 재주로 맞설 상대가 아니었다.

술사들 사이에서는 식신을 부리는 이들을 병정놀이 꾼이라 부르곤 하였다. 다수의 식신을 활용해 인해전 술로 적을 뭉개는 것이 식신 전투법의 정석이었기 때문이다.

이곳은 황궁이었다. 황실 술사인 청룡에게 있어서는 영적 영지나 다름없으니 준비해 둔 식신의 수도 그렇지만, 그 질 역시 만만치 않을 터였다.

그리하여 귀곡자는 앞장서는 대신 뒤로 슬쩍 몸을 빼며 말했다.

"그렇지. 그러니 난 후방에서 이런저런 술법들을 지원하마. 네년이 파고들어라."

"연세 생각 하시면 새로 제자 키울 시간이 빡빡하지 않으신지……."

수제자 죽일 생각이냐는 간접적인 물음에 귀곡자는 직설적으로 답했다.

"어차피 여기서 죽을 정도면 대를 이어 봐야 사황은 영원히 못 누른다. 그냥 내 대에서 맥을 끊고 말지."

매정한 스승의 말에 청원은 익살스런 미소를 그리며 앞으로 나섰다. 기실 상대가 식신술사라는 사실을 알

앉을 때부터 이리할 작정이었다.

청원은 귀곡자와는 다른 재능을 타고났다. 그렇기에 귀곡자에게서 배운 술법 또한 달랐다.

사황의 일월문에 늘 눌려서 그렇지, 귀곡문 또한 과거 선술의 으뜸으로 꼽혔던 태을 진인의 맥을 이은, 유서 깊은 문파였다.

수십, 수백에 달할 술법들이 있었으니, 스승과 제자가 서로 다른 술법에 매진하는 것이 그리 진귀한 일도 아니었다.

청원은 자신의 사지에 부적을 하나씩 붙였다. 귀곡문 문도 몇은 식신을 불렀고, 나머지 몇은 귀곡자를 보조할 요량인지 주술진을 세우며 후열에 자리했다.

청원이 마지막 부적을 이마에 붙이며 말했다.

"그나저나 대단한 자신감이군요. 근위병들이 오와 열을 갖추고 늘어서 있을 줄 알았는데 말입니다."

"그 대신 사람이 아닌 것들이 가득하지 않더냐."

청원이 술법을 발동시켰다. 사령(邪靈)이 아닌 오행의 정령(精靈)을 스스로의 몸에 덧씌워 인간과 괴이(怪異)의 경계에 섰다.

청원의 두 눈에서 녹색 귀화가 피어올랐다. 우신은

붉고 좌신은 푸르렀으며, 상서로운 힘이 불꽃처럼 일
어 요동쳤다.

"이제 그만 가 볼까요?"

"말만 하지 말고 앞장서거라."

청원이 키득 웃으며 지면을 박찼다. 성문을 향해 쏜
살같이 나아갔다.

귀곡성과 함께 성벽 위로 수많은 식신들이 일어나
청원을 향해 달려들었다.


❡


용왕대주는 봉화를 통해 북쪽과 남쪽에서 각기 싸움
이 시작되었다는 것을 알았다. 그리고 그랬기에 자신
의 계획이 어그러졌음을 인지했다.

처음 용왕대주가 세운 계획은 각개격파였다.


─사방에서 짓쳐드는 적들을 조기에 격퇴해 신조의
천궁 접근 자체를 불가능하게 한다.


그 첫 번째로 황실 지하 통로를 봉했다.

그 두 번째로 남은 두 대주인 백룡과 청룡을 각기 북과 남쪽에 보냈다. 용왕대주 스스로가 천검문의 애송이를 제압하기 위해 서문에 섰다.

서쪽에는 황실 근위병들을 가득 배치해 두었다. 황실 고수들은 사방문 어디든 쉬이 지원할 수 있도록 배치를 마친 지 오래였다.

지하 통로가 막힌 이상 십삼조는 지상을 통해 황궁을 공격할 수밖에 없었다.

놈들이 서쪽을 버린 것일까?

다른 사방문에 힘을 모아 용왕대주가 준비한 방벽을 깨트리려는 것일까?

가능한 수였다. 그리고 썩 나쁘지 않은 상황이었다.

천룡은 지금 황실 중앙에 위치한 천궁에 있었다. 놈들이 어느 방면을 택했든 온전한 상태로 천룡을 마주할 수는 없을 터였다.

용왕대주는 빠르게 판단했다. 서쪽을 비운 것처럼 하여 자신을 움직이게 한 뒤 다시 서쪽을 치는 수를 쓰고 있는 것이 아닌지를 점검하기 위해 아낌없이 사령부를 찢었다.

'남쪽과 북쪽에 있는 것은 누구냐?!'

짧고 긴급한 물음에 답은 돌아오지 않았다. 아니, 돌아왔으나 용왕대주가 이에 집중할 수 없었다.

전방.

어마어마한 살기가 밀려왔다. 해일처럼 일어 순식간에 주변 일대를 뒤덮은 살기는 절로 숨을 가쁘게 하였다. 그 불길함으로 용왕대주와 광룡 무사들의 전신을 옥죄었다.

용왕대주는 이러한 살기를 맛본 적이 없었다. 기가 약한 자라면, 아니, 무공을 익히지 않은 자라면 이 살기를 뒤집어쓰는 것만으로도 목숨을 잃을 터였다.

그만큼이나 지독한 살기.

이런 살기를 뿜을 수 있는 자는 당금 무림에 오직한 사람뿐이었다.

"어딜 가려고 그러나. 네가 싸워야 할 땅은 이곳인데 말이야."

목소리는 잔잔하게 번졌다. 소리라는 것은 대저 방향이라는 것이 있는 법이었음에도 어느 방향에서 들려온 것인지 알 수 없었다.

바로 귓가에서 속삭이는 것 같기도 하였고, 저 면

곳에서부터 들려오는 소리 같기도 하였다.

밤.

어둠이 밀려왔다.

서쪽 성곽 위에 세워 둔 초병들은 자신들의 죽음을 인지하지 못했다. 검은 그림자 수십이 일시에 일어 성벽 위를 뒤덮었다.

관군은 정파구주와 사파칠주를 모두 감시하였다. 중요한 길목마다 병사를 두어 무림인들이 무리를 지어 움직이는 것을 경계하였다.

하지만 그 모두 소용없었다. 어둠 속에서 살아가는 이들은 너무도 쉽게 황도에 이르렀다.

성문 위에 사내 하나가 오롯이 섰다. 자색 무복이 어둠에 녹아들었다.

천하제일살문 흑사문.

흑사문주, 도신(刀神) 사주헌.

이제 중년 소리를 듣기 시작했을 법한, 그런 평범한 사내의 얼굴이었다.

하지만 눈은 달랐다.

용왕대주 외에는 감히 그 누구도 그 눈을 마주할 수 없었다.

도신이 하얗게 웃었다.

"무림을 치지 않았나. 그렇다면 나와도 싸울 각오를 했어야 옳지."

도신이 움직였다.

권신과 검신이 없는 지금, 무림에서 가장 강한 사내인 그가 황궁에 섰다.

있을 수 없는 일이었다. 있어서는 안 되는 일이기에 미리 대비까지 하지 않았던가!

"네놈은 도신이다! 그렇다면 알 것이 아니더냐!"

용왕대주가 일갈했다.

도신에게는 이미 십삼조가 혈랑마존의 후예라는 사실을 충분한 증거를 통해 알린 지 오래였다.

돌아올 혈랑마존을 치기 위해 준비된 사황오제삼신이 아니었던가.

그런 그가 지금 혈랑마존의 후예인 십삼조를 돕기 위해 이 자리에 선다는 것은 어불성설이었다.

도신 사주헌은 살성 사정혜의 아버지였다. 그녀의 성격은 대부분 도신에게서 기인한 것이었다. 도신은 용왕대주를 비웃듯 입술을 비틀었다.

"불명확해. 그리고 이미 완전해지기는 글러먹었지."

십삼조가 혈랑마존의 후예인 것은 사실이었다. 하지만 과연 용왕대주의 추측대로 그 절기를 모두 모으면 새로운 혈랑마존이 태어나는 것일까?

설사 그렇다 할지라도 이미 끝난 이야기였다. 맹저와 뇌호를 죽인 것은 황실이었다. 그 둘의 절기는 이제 신조에게 이어질 수 없었다.

그렇다면 어찌해야 할까.

도신 사주헌은 십삼조의 편이 아니었다. 그리고 광룡의 편은 더더욱 아니었다. 그저 냉정하게 저울질을 해 보았을 뿐이다.

십삼조와 천룡이라는 자를 동귀어진시킨다.

위험하기 짝이 없는 광룡을 멸해 무림과 흑사문의 안녕을 꾀한다.

그러니 그것을 위해 십삼조의 한 팔을 거들어 준다.

그렇지 않으면 동귀어진을 꾀하지 못할 터이니 말이다.

"그리고 네놈이 크게 착각하는 것이 하나 있다. 사황오제삼신은 혈랑마존을 꺾기 위해 대를 이어 온 것이다. 맞서 싸우고, 끝내는 거꾸러트릴 힘을 기르는 것이 목표라 이 말이지."

싸운다.

이번에는 기필코 무림의 힘만으로 혈랑마존을 막아낸다.

그것이 검신 용화성의 바람이었다.

대를 이어 온 사황오제삼신의 의지였다.

혈랑마존이 나타날까 두려워 그 가능성 자체를 짓뭉개는 것과는 완전히 다른 이야기였다.

"그리고 너는 이미 사황오제삼신을 쳤다. 검신을 죽이고 검제와 도황을 무력화시켰지. 권신을 부려 무림을 쑥대밭으로 만들어 놓았고 말이야. 그렇다면 우선 너희를 멸하는 것이 우선이다. 사황 또한 그리 생각하더구나."

갑자기 언급된 사황의 이름에 용왕대주는 다시 한 번 당황했다. 그녀는 무림의 어둠에 묻혀 있는 자였다. 사황오제삼신 가운데서 가장 움직임이 없는 이였지 않은가.

"아, 물론 사황도 여기에 온 것은 아니다. 그녀는 여전히 서쪽 땅 구석, 자기 정원에 틀어박혀 있지. 하지만 대신에 재미있는 것을 보내 주었더구나."

도신은 턱짓으로 하늘을 가리켰다.

반사적으로 따라서 하늘을 쳐다본 용왕대주는 흐린 밤하늘 외에는 무엇도 찾을 수 없었다. 때문에 도신에게 자신을 희롱하는 것이냐며 노성을 토하려 했다.

하지만 입을 벌린 직후, 목구멍 끝까지 올라왔던 노성은 다른 무언가가 되어 튀어 나갔다.

도신은 웃었다. 발달된 안력이 아니면 잡아내기 힘든 상공의 무언가를 지그시 바라보았다.

"터무니없어. 저런 것은 지금까지 그러했던 것처럼 저 서쪽 땅에 처박혀 있는 것이 나아."

십삼조는 황궁 지하 통로를 이용할 생각이 없었다. 피아가 모두 알고 있는 길은 은밀한 침투로가 될 수 없는 법이었다.

달도 흐린 밤하늘을 가르는 것은 칠흑의 용이었다. 아니, 인세의 무리들이 용이라 여기는 것과 닮은 무언가였다.

맹저가 죽은 지금, 식신으로는 '제' 전역을 통틀어 최고라 할 수 있을 청룡도 저런 것을 만들어 낼 수는 없었다. 오직 천하제일술사 사황만이 펼칠 수 있는 기예임이 분명했다.

십삼조가 저 위에 타고 있었다. 그리고 지금 저 괴물이 용왕대주의 머리 위를 지나 천궁으로 향하였다.

성벽 위를 뒤덮은 그림자, 흑사문 최정예 흑영단이 움직임을 개시했다. 밤하늘을 갈라 용왕대주와 광룡 무인들을 향해 빛살처럼 나아갔다.

도신 또한 구경만 하지 않았다. 가늘고 긴 태도를 뽑아 들고 허공으로 비상했다. 욕지거리를 토하며 검을 뽑아 드는 용왕대주의 얼굴에 사신의 미소를 보내었다.

"놀아 보자꾸나."

◐

사룡(邪龍)이 밤하늘을 갈랐다.

명확히 말해 신수(神獸) 같은 것이 아니었다. 사황의 장기인 사령술을 응용해 만들어 낸 사령(邪靈)의 집합체였다.

맹저가 살아 있을 적에는 십삼조도 이 비슷한 것을 몇 번인가 타 본 적이 있었다. 이렇게 높게 날아 본 적은 없었지만 말이다.

"기분이 이상해요오오오."

사룡의 등에 매달린 홍초가 앓는 소리를 냈다. 사룡이 사령의 집합체이다 보니 주변에 풍기는 사기만으로도 어마어마했다. 내공이 깊지 않은 자라면 정신을 제대로 유지하기도 힘들 것 같았다.

"거의 다 왔어."

애묘가 지상을 내려다보며 말했다. 거대한 황궁이 조막만한 장난감처럼 보일 정도로 높은 상공인데다 밤까지 어두워 지상을 분간하기 어려웠지만, 이제 거의 황실의 중심, 천궁에 도달했다.

사룡은 머리를 꺾어 지상을 향하더니 그대로 급강하를 개시했다. 신조와 애묘, 도철과 유성과 홍초는 떨어지지 않기 위해 안간힘을 다해야 했다.

거리가 가까워질수록 많은 것들이 보였다. 천궁 주변에는 횃불이 많아 낮처럼 훤하였고, 황실 무사로 보이는 이들이 가득하였다.

"새삼 느끼는 거지만, 진짜 사지네."

애묘가 말했고, 유성과 도철, 홍초는 저마다의 표정으로 솔직한 감정을 표현했다.

일비가 붙여 주었던 천하제일루의 결사대 오십 인은

각기 다른 성문으로 흩어져 나머지 공격조들을 지원하고 있었다. 지금 사령 위에 탄 다섯 사람만으로 천궁을 쳐야 했다.

신조는 지상에 도착하기 직전까지 눈동자를 바삐 굴리며 천룡을 찾았다. 얼굴 생김새 하나 모르지만 암왕이 절대를 언급할 정도의 고수라면 보는 것만으로도 알 수 있을 것이 분명했다.

하지만 찾을 수 없었다. 그리고 사룡이 지상에 도달했다.

몸길이가 십 장에 달하는 사룡은 지상에 당도한 순간 흩어져 사기의 덩어리가 되었다. 주변 일대를 뒤덮어 갑작스런 괴이의 등장에 놀란 황실 무사들을 휩쓸었다.

사황의 마지막 조력이었다.

사기 속에서 시각을 잃기는 신조와 일행 역시 마찬가지였지만, 황실 무사들과 달리 신조 일행의 목표는 확실했다. 모두는 강하하며 봐두었던 방향을 따라 몸을 날렸다. 천궁 내에 침투하기 위해서였다.

하지만 채 몇 걸음을 내딛기도 전이었다.

벼락이 솟구쳤다.

지상에서 일어 하늘로 향한 뇌격이 사기를 산산이 흩어 놓았다. 뇌성이 주변 일대를 뒤흔들어 모두를 움직이지 못하게 하였다.

신조를 비롯해 천궁 주변에 있던 모두는 본능적으로 뇌성의 중심을 향해 시선을 돌렸다.

천궁의 입구.

창을 든 남자 하나가 서 있었다.

❦

영웅검과 칠정도 종목은 자연스럽게 협공을 취했다. 영웅검은 공격에 주안점을 두었고, 종목은 백룡의 검격을 흩어 놓는 것에 집중했다. 주변에선 천검문과 녹림의 고수들이 광룡 무사들과 혈전을 펼쳤다.

영웅검은 이를 악물었다. 역시나 백룡은 강했다. 협공을 펼치고 있음에도 평수를 이루는 것이 한계였다. 아니, 조금씩이지만 밀리고 있다는 느낌마저 들었다.

종목 역시 그렇게 생각하기는 매한가지였다. 백룡의 공격은 조금씩이지만 빨라지고 있었다. 그런 반면에

검광과 종목 자신은 한 수 한 수를 펼칠 때마다 공세가
약해졌다. 사람인 이상 지치는 것을 어찌할 수는 없었
으니 말이다.

'기량이 다르다는 건가.'

백룡의 얼굴은 냉정했다. 휘몰아친다는 표현이 적
절할 영웅검의 맹공과 그 틈을 채워 주듯 사방에서
일어나는 종목의 도기를 단 하나도 눈에서 놓치지 않
았다.

가장 적절한 간격을 두어 공격을 피했고, 검격뿐만
아니라 검이 일으키는 검압을 이용해서 둘의 공격이
비껴 나가게 했다.

백룡은 영웅검이나 종목과는 달리 조바심을 느끼지
않았다.

백룡의 뒤에는 천룡이 있었다. 백룡 자신은 부여받
은 임무대로 이곳에서 적당히 시간을 끌면 되는 것이
었다. 용왕대주는 십삼조와 천룡이 대면하는 상황 자
체를 막으려 했지만, 백룡은 굳이 그럴 필요는 없다고
생각했다.

분명 신조는 권신을 이겼다. 그날의 싸움 이후 보름
가까운 시간 동안 궁리해 보아도 답이 보이지 않는 이

변이었다.

기책. 혹은 용왕대주가 생각하는 것처럼 사이한 술수.

하지만 그렇다 할지라도, 설사 혈랑마존의 힘이라 해도 불완전한 것에 불과했다. 반면에 천룡은 이미 완성된 폭뢰신창이었다. 더욱이 천룡은 권신보다도 더 강했다.

천룡이 지는 일은 없다.

그러니 십삼조는 이길 수 없다. 오늘 밤 사라진다.

백룡은 검을 내뻗으며 미래를 생각했다.

우선은 무림을 멸한다.

그런 다음에는 황제를 폐하고 새로운 세상을 연다.

콰가가가가가강!

어마어마한 뇌성이 등 뒤에서 울렸다. 백룡은 물론이거니와, 싸움을 벌이던 무리 모두가 반사적으로 천궁 쪽을 돌아보았다. 순백의 번개가 하늘로 치솟고 있었다.

영웅검과 종목의 얼굴에는 자연의 경이를 마주한 인간의 미약함이 그대로 드러났다.

백룡은 흡족하게 웃었다.

용왕대주는 번개 덕분에 간신히 숨을 고를 수 있었다.

한 자루 태도로 용왕대주를 사정없이 몰아붙이던 도신은 잠시 도를 멈추고 하늘을 보았다. 순백의 번개가 땅에서 솟아 하늘을 가르는 광경은 감탄을 금할 수 없었다.

"저것이 천룡, 폭뢰신창인가."

일백 년 전, 혈랑마존을 단신으로 꺾어 낸 자가 부리던 힘.

그의 무공.

"그렇다. 저분이시야말로 우리들의 구세주, 새로운 세상을 열 분이시다."

혈랑마존은 돌아오지 않는다.

설사 돌아온다 할지라도 천룡의 무위 앞에 무릎을 꿇고 말리라.

황위는 다시 정당하고 올바른 후계자에게 돌아갈 터이니, 이제 새로운 세상이 열릴 것이다.

"아깝군. 무림을 없애겠다고 설치는 미친놈만 아니었다면 좋았을 터인데."

"노옴!"

용왕대주가 노성을 토하며 도신에게 거칠게 달려들었다. 방금까지 수세에 몰리던 자라고는 생각할 수 없을 정도로 맹렬한 기세였다.

도신은 다시 용왕대주에게 집중했다. 용왕대주는 강했다. 결코 약한 자가 아니었다. 시종일관 여유 있는 모양새를 보이고 있지만, 기실 도신도 근 십 년 내에 이 정도로 강한 자와 싸우는 것은 처음이었다.

도신은 도를 휘둘렀다. 도신과 용왕대주의 도와 검은 서로 맞닿지 않았다. 서로 비껴가며, 대기를 찢어발길 정도로 무지막지함으로 서로를 밀어내며 팽팽히 대립할 뿐이었다.

도신은 다시 공세를 취하기 위해 조금 더 속도를 높였다. 무림에서는 사신(死神)이라고까지 불린 그였지만, 천룡이 보인 힘의 편린 앞에서는 긴장하지 않을 수 없었다.

'십삼조의 기적을 기대할 수밖에 없겠군.'

도신이 진각을 밟았다. 용왕대주의 품으로 파고들었다.

머리칼은 희고 눈은 붉었다.

입고 있는 것은 어둠 속에서의 빛처럼 환한 하얀 옷이었고, 오른손에 쥐어 늘어트린 것은 곧게 뻗은 창이었다.

너무나 그리워했던 얼굴이다.

언제나 보고 싶던 얼굴이다.

그가 서 있었다.

한 줄기 번개로 사기를 가르고, 천궁의 입구에 홀로 오롯이.

유성과 도철, 홍초는 그저 눈앞에서 이적을 행한 남자의 위세에 짓눌려 긴장할 따름이었지만, 신조와 애묘는 달랐다.

신조는 당혹 속에 입을 벌렸다.

이성과 감정이 충돌했다.

전투 시에만 발휘되는 냉철한 감각이 도저히 인정할 수 없는 어떤 사실을 머릿속에서 뇌까렸다.

신조는 입술을 달싹거렸다.

무수히 많은 말들이 입안에서 사라져 갔다.

결국 남은 것은 너무나 단순한 말이었다.

"형."

"그래, 신조."

창룡은 차분하게 답했다.

그는 천궁에 침투한 것이 아니었다.

그는 처음부터 천궁에 있었다.

애묘는 창룡에게 달려가지 못했다.

그 품에 와락 안기며 보고 싶었다고, 많이 걱정했다고 눈물 흘릴 수 없었다.

머릿속에서 조각난 그림들이 맞춰졌다.

살아는 있으나 어디에서도 찾을 수 없던 창룡과 요호.

다른 십삼조에게는 집요하게 이빨을 들이밀면서도 창룡과 요호에게는 무심했던 광룡.

'절대'를 언급한 암왕.

너무나 큰 정신적 충격은 웃음을 만들어 냈다.

신조는 바보같이 웃었다.

유성과 홍초, 도철은 신조와 애묘의 반응으로부터 눈앞의 사내가 창룡이라는 것을 읽어 냈다.

그리고 이내 두 사람이 어째서 지금과 같이 행동하는지 이해했다.

그들 역시 경악을 토했다.

창룡이 천룡이다.

그가 광룡의 진정한 주인이다.

황실 무사들이 천궁 담 아래에 도열해 신조 일행을 포위했다. 하지만 그래도 신조는 반응하지 못했다. 그저 창룡의 얼굴만을 바라보았다.

그 옛날, 처음 폭뢰신창의 힘을 목격했을 때와 조금도 달라지지 않은 그 얼굴을 들여다볼 뿐이었다.

"……거짓말이지?"

애묘가 말했다.

그녀도 이지를 잃었다.

맹저의 죽음에서, 그 큰 슬픔 속에서 복수의 칼날을 갈았던 그녀도 이제는 견딜 수 없었다.

물기까지 어린 목소리는 엉망진창으로 떨렸다.

애묘는 창룡의 대답을 기다리지 않겠다는 듯이, 듣고 싶지 않다는 듯이 주절주절 계속 말을 이어 나갔다.

"맞아, 그럴 거야. 그것 말고는 생각할 수 없어. 누가 요호 언니를 납치해서 창룡 오라버니를 협박한 거지? 응? 그런 거지? 그렇다고 말해 줘!"

마지막은 절규였다.

간절한 바람이었다.

창룡은 고개를 가로저었다.

"요호는 내가 데리고 있다."

처음부터 끝까지, 모두 다 나의 의지이다.

애묘는 뒷걸음질 쳤다.

그저 도망치고 싶다는 생각뿐이었다.

이 현실에서 벗어날 수 있다면 무엇이든지 할 수 있었다.

"정말, 정말 오라버니가 죽인 거야? 뇌호 오라버니를, 맹저를, 아랑…… 아랑을?"

애묘는 소리 내어 울었다.

엉엉 아이처럼 울며 그리 물었다.

창룡의 대답은 이번에도 애묘의 간청을 거절했다.

"그래, 모두 내가 한 일들이다."

"왜!"

애묘가 벼락처럼 외쳤다.

울부짖었다.

어째서, 무엇 때문에!

십삼조가 십삼조를 죽였다.

장형이 나머지 형제자매를 모조리 죽이려 했고, 그들 가운데 셋을 죽였다.

이해할 수 없었다.

납득할 수 없었다.

왜?

도대체 왜!

"그들이 나의 일에 방해가 되었기 때문에. 너희가, 우리가 혈랑마존의 후예이기 때문에."

뇌호는 자기 자신을 암부라 끊임없이 소리쳤지만, 그 아이는 언제나 큰 그림을 그렸다.

은퇴하였다 할지라도 그 아이는 무림의 멸망과 제에 새로운 황제가 서는 것을 용납지 않을 것이 분명했다.

뇌호를 죽인다.

대업을 어그러트릴 수 있는 적을 멸한다.

뇌호를 죽인 순간 더는 돌이킬 수 없었다.

물은 엎질러졌고, 수레바퀴는 굴러가기 시작했다.

그리고 혈랑마존.

고금제일마의 잔영.

애묘는 광소했다.

찢어지는 비명을 질렀다.

소름 끼치도록 아름다운 미소를 그리며 말했다.

"그럼 이제 적이구나, 오라버니는."

창룡은 부정하지 않았다.

신조를 보았다.

신조는 애묘보다 조금 더 창룡에 대해 알았다.

폭뢰신창.

홀로 전혀 다른 성질의 절기를 이어받은 장형.

창룡이 이 모든 일을 꾸민 이유는 무엇일까?

방금의 짧은 문답으로는 부족했다.

완전히 납득할 수 없었다.

하지만 신조는 애묘처럼 울부짖지 않았다.

창룡에게 굳이 더 물음을 던지지도 않았다.

그저 양손에 단도를 하나씩 나눠 쥐어 싸울 채비를
갖추었다.

"형이 시작한 일이야."

창룡은 부정하지 않았다.

순백의 뇌기를 일으켜 전신을 휘감았다.

"오너라, 신조."

신조는 눈을 감았다. 생각했다.

"용을 잡아먹고 사는 신수의 전설……. 그래서 나는 이 무공을 만들었다. 폭뢰신창을, 폭뢰의 용을 제압하기 위해."

스승님을 알고 계셨을까?

이렇게 되고 말 것이라는 것을, 신조 자신이 창룡과 대적하는 날이 오고 말 것이라는 것을.

신조의 전신에서 불꽃과도 같은 붉은 기운이 일었다.

**불사신조(不死神鳥).**

신조가 진각을 밟았다.

비상했다.

◉

암왕 역시 뇌성을 들었다. 그렇기에 싸움이 시작되었다는 것을 알았다.

지금 당장이라도 달려가고 싶었다. 하지만 마음 한

켠에선 그런 암왕의 발을 붙잡는 소리가 있었다.

암화와 암룡 무사들이라는 물리적인 장벽 때문이 아니었다.

창룡이 신조를 죽이든, 그 반대로 신조가 창룡을 죽이든.

십삼조가 서로를 죽이는 것으로 끝이 날 싸움이었다.

암왕은 신조를 응원했다. 그만이 창룡을 막을 유일한 희망이라 생각했다.

하지만 지금은 신조를 응원할 수 없었다. 싸움터에 달려가 지켜볼 생각조차 하지 못했다.

오늘 밤.

어느 방향으로든 결착이 날 터였다.

암왕은 눈물을 흘렸다.

◐

신조와 창룡이 충돌했다.

불꽃과 번개가 격돌했다.

감정이 복받쳐 주체할 수 없는 이 순간에도 신조의

본능은 창룡을 죽일 수 있는 길을 모색하였다.

처음 지면을 박찼을 때 떠올릴 수 있는 것은 하나뿐이었다.

창룡의 무기는 창이다.

그러니 신조 자신보다 훨씬 더 무기가 닿는 범위가 넓다.

그 외에는 무엇 하나 제대로 짚어 낼 수 없었다.

창룡이 신조 자신보다 빠른가?

내공은 깊은가?

힘은 더 강한가?

모두가 상상의 여지였기에 신조는 모든 의문을 긍정했다.

애당초 삼신에 비할 수 있는 창룡이었다.

권신의 주인이었던 자인 만큼 권신보다 강하다고 판단하는 것이 사리에 맞았다.

그렇다면 어떻게 '죽일' 것인가.

어떻게 창룡을 목숨을 빼앗을 수 있을 것인가.

파고들어야 한다.

단병은 장병보다 근접전에서 유리하였다. 그 무기가 닿는 범위가 길다는 것은 근접박투에서는 그 무기가 이롭지 못한다는 것을 의미했다.

그렇다면 어찌 파고들 것인가.

최초의 일수를 피해야 했다.

눈앞에서 섬광과 번개가 작렬했다.

신조는 분명 공격을 피했다.

하지만 의식하고 피한 것이 아니었다.

아랑과 애묘의 극의를 습득한 이후 비정상적으로 예민해진 감각이 아니었다면 뇌격이 머리에 직격했으리라.

때문에 피하는 것에 그쳤다.

회피하며 달려들지 못하고, 회피하는데서 끝나고 말았다.

아니, 오히려 뒤로 물러설 수밖에 없었다.

창룡의 공격은 아직 끝나지 않았다.

창룡은 찌르기를 펼쳤다.

창이 닿지 않을 거리였지만 신경 쓰지 않았다.

뇌기가 창끝에서부터 일어 섬전처럼 신조에게 쇄도했다.

천하제일의 경공을 자랑하는 신조였지만 피하기에 급급할 수밖에 없었다.

창룡의 공격은 너무 빨랐고, 뇌기는 주변을 짓찢고 지날 만큼 강렬한지라 스쳐 보낸다는 것은 상상도 할 수 없었다.

신조는 뇌기를 피하는 데 집중해야만 했다.

창룡과의 거리가 더욱 벌어졌다.

거리를 좁힐 수 없었다.

◓

남쪽 성문에선 온갖 괴물들이 날뛰었다.

경계 사이에서 펼쳐진다는 백귀야행(百鬼夜行)이 만천하에 드러난 것만 같았다.

청룡의 장기인 십이지신만이 아니었다. 청사대의 술사들이 불러낸 각종 기이한 식신들이 귀곡자와 귀곡문 문도들이 불러낸 식신들과 한데 어울려 난장판을 만들었다.

하지만 그중에서도 가장 눈에 띄는 것은 붉고 푸른 괴이, 청원이었다.

청원은 귀화로 주변 일대를 불사르며 십이지신 사이를 종횡무진했다. 청룡을 향해 돌진했다.

"좋구나!"

청원의 광소는 귀곡성이나 다름없었다. 십이지신장 가운데도 강력한 축에 속하는 소의 식신을 우수에 쥔 개벽검으로 두 동강 낸 청원은 멈추지 않았다. 용과 호랑이 식신을 정면에 내세우는 청룡을 똑바로 노려보며 소리쳤다.

"스승님! 쫄 필요 없습니다! 이놈은 기예뿐이에요! 마음이 없으니 식신의 질도 빤하지요!"

주술은 술사의 혼백육 모든 것에 두루 영향을 받기 마련이었다. 더욱이 청원의 검인 개벽검은 태을 진인이 후대를 위해 남긴 귀곡문의 보검으로서, 주술을 비롯한 온갖 사이한 힘을 깨트릴 수 있었다.

예기치 않게 수세에 몰린 청룡은 용과 호랑이 식신을 동시에 돌진시켰다. 하나하나의 키가 십 척을 훌쩍 넘을 정도로 컸기에 청룡과 청원 사이를 완전히 가로막기에 충분했다.

청룡의 등 뒤, 먼 곳에서 뇌성이 연달아 울렸다. 천룡의 힘임에 분명했다. 하지만 지금 남쪽 성문에서 싸우고 있는 청룡에게는 그다지 도움이 되지 못했다.

청룡은 이를 악물었다. 용과 호랑이 사이에서 실로

귀신처럼 날뛰며 공방을 주고받고 있는 청원을 노려보며 새로운 주술을 외웠다.

본래 황도는 신성한 땅 위에 자리를 잡고 오랜 세월 제례 의식을 치렀기에 사사로이 주술을 위한 영지로 삼을 수 없는 법이었다.

때문에 청룡은 황실 제례 의식에 쓰이는 법구를 활용해 황도의 힘을 일시적으로 빌리는 방식을 취했다. 그러모은 힘으로 비장의 주술인 아수라를 펼쳤다.

청원의 귀곡성에 지지 않겠다는 듯 청룡의 눈앞에서 크게 솟구친 아수라가 하늘을 향해 포효했다. 아무리 어두운 밤이고, 황실과 황도의 민가 사이에 제법 거리가 있다 하여도 눈에 띄지 않을 수 없는 아수라였다.

하지만 지금은 그런 것을 따질 때가 아니었다. 사지 육신을 모두 갖춘 아수라가 청원을 향해 돌진했다.

☯

"이대로는 이길 수 없어."
애묘가 말했다.

황실 무사들은 천궁의 담벼락 아래 빙 둘러서서 포위진을 형성할 뿐, 싸움에 끼어들지 않았다. 아니, 감히 끼어들 수 있는 싸움이 아니었다.

뇌격을 뿌리는 창룡은 실로 지상에 강림한 신장과도 같았다. 어째서 스승님이 폭뢰신창을 뇌신(雷神)에 비유했는지 뼈저리게 느낄 수 있었다.

그 싸움의 여파만으로도 주변 일대를 진감시키고 파괴할 정도인지라 도철이나 유성, 홍초도 감히 신조를 도울 생각을 하지 못했다.

하지만 애묘는 달랐다. 그녀는 저 아수라장으로 뛰어들어 신조를 도와 창룡을 죽일 생각을 하였다.

애묘가 배운 것은 독과 의술이었다. 제법 날랜 몸놀림을 자랑했지만 신조나 창룡에 비할 수는 없었다. 저 둘 사이에 끼어들었다가는 신조를 돕기는커녕 방해만 할 공산이 컸다.

애묘가 도철에게 말했다.

"도철, 어쩌면 이게 마지막이 될지도 몰라. 그러니 두 눈 똑바로 뜨고 잘 봐."

"스…… 승님?"

신조와 창룡의 싸움에 온 신경을 집중하고 있던 도

철이 아직도 입에 어색한 스승이란 말을 올리며 애묘를 돌아보았다.

애묘는 살벌한 격전 속에서 환하게 웃었다.

"나머지는 증표를 통해 익히도록 하렴. 내가 가르쳐 줄 수 있다면 그게 제일 좋겠지만 말이야."

애묘는 숨을 골랐다. 도철에게 등을 보이고 발걸음을 내딛었다.

애묘가 도철에게 보라 한 것은 싸움이나 겉모습이 아니었다.

애묘의 몸 안에서 일어나는 변화.

영맥(靈脈)을 자극하고 개통함에 따라 발휘할 수 있는 힘.

"너도 언젠가는 쓸 수 있을 거야. 부작용이 만만치 않아서 그렇지."

전언은 그게 전부였다. 애묘는 눈을 한차례 감았다 떴다. 전신의 영맥을 하나로 이었다.

애묘가 가진 또 하나의 극의.

이름조차 붙이지 않은 생애 단 한 번뿐인 기술.

애묘가 숨을 토했다. 영혼의 창인 두 눈에선 신비로운 녹색 빛이 일었다.

"창룡!"

노성과 함께 질주했다. 일순간이나마 창룡의 주의를 자신에게 돌렸다.

애묘의 돌진은 정직하다 할 정도로 곧았다. 하지만 빨랐다. 거의 신조에 근접한 속도였다.

애묘는 신조와 같은 방향이 아닌, 직각을 이룰 만한 방위를 택했다. 창룡이 일수로 둘 모두를 견제할 수 없게 하기 위함이었다.

창룡은 눈을 부릅뜰 수밖에 없었다. 애묘의 전신에서 생명의 불길이 타올랐다. 명확히 측정한다는 것은 불가능했지만, 얼핏 느껴지는 힘만 하여도 가히 권신에 준하였다.

"우오오오오오!"

애묘는 질주함과 동시에 주먹을 마구 내질러 기파를 내쏘았다. 애묘의 근접전 능력은 딱히 뛰어나지 않았다. 육체의 성능 그 자체를 높인 지금도 그것 하나만은 변하지 않았다. 때문에 애묘는 자신에게 가장 유리한 싸움을 펼칠 생각이었다.

일다경, 길어도 이 다경밖에 지속되지 못할 힘이었지만, 그래도 천하제일내공을 자랑하던 권신과 필적할 만한 힘이었다.

앞뒤를 재지 않고 내쏜 힘은 설사 창룡이라 할지라도 선 자리에서 쉬이 막아 낼 수 없는 것이었다.

기파 하나하나가 사람 하나를 통째로 집어삼키고도 남을 크기였다.

창룡은 기파를 똑바로 노려보았다. 그러고는 주변 일대를 감지하며 움직임을 개시했다.

애묘의 노림수는 간단했다.

기파로 창룡의 공격을 잠시 동안만이라도 멈추게 만든다. 그리고 그 틈에 자신과 신조가 창룡과의 거리를 좁힌다. 근접박투로 유도해 단판 승부를 벌인다.

신조도 반응했다. 애묘가 기파를 내쏜 순간, 이미 지면을 박찬 신조는 다시 한 번 허공을 박차 방향을 틀었다. 애묘와는 완전히 반대 방향에서 창룡을 향해 질주했다.

창룡은 사납게 포효하며 창을 크게 휘둘렀다. 펼치는 것은 폭뢰신창 신뢰의 장 회천뢰(回天雷). 창룡을 중심으로 하여 하얀 뇌기가 사방으로 요동쳤다. 수십 갈래로 갈라지며 기파와 정면에서 충돌해 공멸하였다.

애묘는 모아 세운 두 팔로 머리를 보호하며 계속 달렸다. 기파와 뇌기의 잔재를 넘어 창룡을 향해 돌진했다.

신조도 다르지 않았다. 다시 한 번 허공을 박차 공중에서 창룡을 향해 쏘아져 내려갔다.

하지만 둘은 그대로 창룡의 창의 범위 안으로 들어가지 않았다. 서로 뜻을 나누지 않았음에도 동시에 같은 일을 행하였다.

**뒤덮어라, 죽음.**
**사갈(蛇蝎)!**

시선을 통해 적을 중독시키는 애묘의 극의가 신조와 애묘 두 사람에 의해 발동하였다.

본능적으로 위험을 느낀 창룡이 고개를 돌리며 눈을 감았지만, 둘 모두의 시선을 완전히 차단할 수 없었다. 애묘와 순간이지만 시선이 맞닿았고, 사갈은 창룡의 정신에 파고들었다.

지금이다!

애묘와 신조는 놓치지 않았다.

저마다 창룡을 공격하기 위한 일수를 준비했다.

하지만 창룡이었다.

스승님에게 '강함'을 물려받은 제자였다.

눈을 꽉 감은 창룡을 중심으로 다시 한 번 뇌기가 휘몰아쳤다. 마치 애묘와 신조가 근접하기를 기다렸다는 듯한 폭뢰였다.

신조는 욕지거리를 토하며 몸을 회전시켰다. 불사신조의 불꽃으로 스스로를 보호하며 눈앞에서 폭발한 뇌격을 옆으로 비껴 냈다.

하지만 애묘는 멈추지 않았다. 두 팔로 머리만 보호한 채 폭뢰를 그대로 뒤집어썼다.

애묘의 극의는 생명력, 그 자체를 불사르는 것이었다. 애묘는 짧은 시간이나마 불사지체로 화할 수 있었다. 폭뢰와 생명의 불길이 공멸했다. 애묘는 기어코 폭뢰를 뚫고 창룡의 앞까지 당도했다.

창룡과 애묘의 시선이 교차했다. 그리고 이번에는 창룡이 빨랐다.

일창.

창끝이 애묘의 배를 꿰뚫었다.

애묘는 왈칵 피를 토하며 끔찍한 고통에 시달렸다.

하지만 입가를 비틀어 웃었다. 두 손을 앞으로 내뻗어 창대를 꽉 붙잡았다.

처음부터 이것만을 생각하였다.

애묘 자신의 무위로는 창룡을 쓰러트릴 수 없다는 것을 알았다. 무식하게 기파를 내쏘는 것만으로는 창룡을 제압할 수 없었다.

그러니 이것으로 만족했다. 창룡의 창을 붙잡아 공격, 그 자체를 일순간이나마 완전히 봉해 버렸다.

"신조."

애묘가 말했다. 창룡의 눈을 똑바로 노려보았다. 사갈에 중독되었음에도 불구하고 창룡의 눈에서는 이지가 사라지지 않았다.

시간이 느리게 흘렀다. 그렇게 느껴졌다. 때문에 모두 볼 수 있었다.

창룡은 창을 버렸다.

아무런 미련 없이, 마치 애묘를 비웃기라도 하듯 그리하며 몸을 회전시켰다.

신조가 창룡의 등 뒤에서 나타났다. 그 오른팔은 붉은 기운으로 불타올랐다. 신조의 극의라는 가루라가 분명하였다.

애묘의 무릎이 꺾였다.

창룡이 다시 한 번 뇌기를 방출하며 몸을 틀었고, 신조의 가루라는 창룡의 몸을 꿰뚫지 못했다.

바로 그 순간.

창룡은 한 걸음을 내딛어 신조에게 접근했다. 그 품에 파고들며 움켜쥔 주먹을 내질렀다.


**을부짖어라, 폭뢰(爆雷).**

**폭룡아(爆龍牙).**


창이 아닌 주먹으로부터 창룡의 극의가 방출되었다. 순식간에 형상을 갖춘 번개의 용이 그 아가리를 크게 벌려 신조를 집어삼켰다. 그대로 비상해 수장 이상을 솟구쳤다.

시간이 다시 흘렀다.

애묘가 피를 쏟았고, 신조가 추락했다.

최종막
불사신조

오로지 하나, 폭뢰신창을 파하기 위해.

— 스승


◉


신조는 숨을 쉴 수 없었다.


◉


도철과 유성은 제자리에 얼어붙어 움직일 수 없었다.

신조와 애묘, 창룡, 세 사람 사이에서 이루어진 공방이 워낙에 빨랐기 때문이기도 하였지만, 그보다는 창룡의 주먹으로부터 뻗어 나간 번개의 용이 가져다준 충격이 너무 큰 탓이었다.

기를 다룰 줄 아는 무인이라면 모두가 같은 심정에 처했을 것이 분명했다.

그 힘, 그 존재감.

유성은 어째서 암왕이 절대를 언급했는지 이해했다.

처음 창룡이 천룡이란 사실을 알았을 때는 십삼조끼리의 내분이기 때문에 그런 말을 했다고 생각했다. 감정상의 이유 때문에 제 기량을 발휘하지 못할 터이니 말이다.

하지만 아니었다.

창룡은 강했다.

그는 천하제일인이었다.

창룡을 암살한다?

불가능했다.

사갈조차도 견뎌 내는 괴물을 독으로 죽일 수 있다는 생각이 들지 않았다.

신조의 기습을 지근거리에서 피해 내는 체술을 가진

자를 맞출 수 있는 살수 또한 존재하지 않을 것이 분명
했다.

그렇다면 권신 때처럼 어마어마한 병력을 밀어붙여
그를 지치게 하는 것은 어떨까?

가능할진 몰라도 그 와중에 죽는 이가 상상을 초월
할 것이 분명했다. 아니, 눈앞에서 번개를 뿌리는 뇌신
에게 달려들 수 있을 만큼의 담력을 가진 병사 수천 명
을 구하는 것 자체가 불가능했다.

황실 무사들도 움직일 생각을 하지 못했다. 그들 역
시 뇌신의 위용에 짓눌렸다. 번개를 처음 본 인간이 그
러하듯, 원초적인 공포에서 헤어 나오지 못했다.

홍초가 제자리에 주저앉았다. 다리에 힘이 풀려 일
어서지 못했다.

모두가 그러했다.

단 한 사람, 애묘를 제외하고는.

"으아아!"

애묘는 괴성을 토하며 자신의 배에 박힌 창룡의 창
을 뽑아냈다. 입에 이어 복부에서도 피가 한 가득 쏟아
져 나왔지만, 무시하고 일어섰다.

제한적인 불사지체.

시간이 얼마 남지 않았다. 복부의 재생을 기다릴 새
도 없이 애묘는 다시 한 번 진각을 밟았다.

어떻게 싸워야 하는지를 생각할 수 없었다. 막무가
내였다. 그저 눈앞에 창룡을 무찌르고 저 멀리 쓰러진
신조에게 달려가야 한다는 생각뿐이었다.

짧게 쥔 창룡의 창을 단검처럼 찔렀다. 동시에 집중
한 생명력을 폭발시키니, 과거 권신의 극의 가운데 하
나였던 패황권(覇凰拳)에 비할 만한 힘이었다.

창룡이라 해도 직격당한다면 목숨이 위험할 일격이
었다. 하지만 제아무리 강력한 공격이라 해도 맞지 않
으면 아무 소용이 없는 것이었다.

**폭뢰신창, 신뢰의 장.**
**질풍신뢰(疾風迅雷).**

애묘의 일수는 허공만을 격타하였다. 패황권에 버금
가는 생명력의 폭발은 창룡에게 닿지 못했다.

창룡과 애묘 사이에 거리가 벌어졌다.

대략 일 장여.

애묘는 포기하지 않았다. 마지막을 각오하고 있는

힘을 다해 고개를 쳐들었다. 가엾다는 듯이 자신을 바라보는 창룡의 두 눈을 똑바로 노려보았다.

**뒤덮어라, 죽음.**
**사갈(蛇蝎) !**

애묘는 결과를 보지 못했다. 그대로 쓰러졌다.

일생에 단 한 번, 제한적인 불사지체의 힘은 사라졌다.

애묘는 부들부들 몸을 떨며 칠공(七孔) 모두에서 피를 흘렸다.

그리고 창룡의 무릎이 꺾였다.

정신적인 독, 사갈 때문만이 아니었다. 사갈을 펼치는 순간, 애묘가 필사적으로 흩뿌린 최후의 독이 기어코 창룡을 무릎 꿇게 만들었다.

창룡의 턱 선을 따라 한 줄기 선혈이 흘렀다.

하지만 그뿐이었다. 창룡은 어렵지 않게 체내의 독을 몰아냈다. 작렬하는 순백의 뇌기 앞에서 그 힘을 유지할 수 있는 독 따위는 존재하지 않았다.

창룡이 다시 자리에서 일어섰다. 허공섭물의 수를

발휘해 바닥에 떨어진 창을 붙잡았다.

애묘는 아직 죽지 않았다. 그러니 이제 끝을 내야
했다.

"안 돼!"

도철이 외쳤다. 소용없음을 알면서도 막무가내로 무
기를 뽑아 들고 창룡에게 돌진했다.

창룡은 무심한 눈으로 그런 도철을 보았다.

애묘에게 스승님이라 말한 사내였다.

애묘의 제자. 혈랑마존의 전인.

저 남자 역시 죽여야 했다.

유성 역시 뛰었다. 더 이상은 이것저것 재고 따질
것이 없었다. 끝났다. 마지막이었다. 그러니 최후만은
무인답게 싸우다 죽으리라.

창룡이 창을 당겼다. 불꽃에 달려드는 부나방과 같
은 무리들을 향해 일수를 펼쳤다.

☯

영웅검은 자신의 공부가 부족함을 뼈저리게 느꼈다.
백룡은 너무 빠르고 강했다. 칠정도 종목과 협공을 펼

치고 있음에도 불구하고 틈을 빼앗기기 일쑤였다.

칠정도 종목은 참으로 오랜만에 싸움 도중 이성을 잃었다. 시종일관 여유를 잃지 않는, 희미한 미소까지 짓고 있는 백룡에게 분노가 치밀어 올랐기 때문이다.

영웅검과 칠정도 두 사람 모두 알고 있었다.

협공을 펼쳐도 백룡을 제압할 수 없었다. 애당초 시간을 끄는 것이 목표였지만, 지금은 오히려 백룡이 시간을 끌고 있었다.

절대적인 자신감.

너희는 나의 상대가 되지 못한다.

너희가 무슨 수를 준비했다 할지라도 천룡께서 직접 나서신 이상 모두 허사가 될 것이다.

속된 말로 재수 없었다.

저 먼 천상에서 하계를 내려다보는 천신 같은 그 시선이 노여움을 일으켰다.

하지만 영웅검과 종목은 백룡을 당해 낼 수 없었다. 데리고 온 천검문과 녹림의 고수들 또한 광룡 고수들 사이에서 악전고투를 벌이고 있는지라 두 사람을 도울 수 없었다.

이제 그만 끝을 내자.

영웅검과 종목은 백룡의 검으로부터 그런 뜻을 읽었다. 그리하여 죽기를 각오하였다. 동귀어진의 수를 펼쳐서라도 백룡의 가슴에 칼을 박아 넣고자 했다.

하지만 그런 두 사람의 의지도, 백룡의 뜻도 모두 한 사람에 의해 어그러지고 말았다.

공격은 백룡의 등 뒤에서부터 일어났다.

정파의 무인이라면 상상도 하지 못할 공격이었다. 아무리 여타 정파에 비해 이기는 것을 중시하여 합공을 허하는 천검문이라 할지라도 이미 합공을 당하고 있는 상대의 등 뒤를 노리는 암습은 비겁하다 여겼다.

하지만 공격을 펼친 장본인은 그런 것을 고려하지 않았다.

'그녀'는 사파의 인물이었고, 다른 곳도 아닌 천하제일살문 흑사문에서 나고 자란 '살수'였다.

살성(殺星) 사정혜.

사파오성의 필두인 그녀는 부상을 완전히 회복하지 못했다. 오른팔로 펼친 일수는 힘과 정밀도 모두가 평소의 칠 할에도 미치지 못했다. 때문에 백룡은 당황한 와중에도 침착하게 응수할 수 있었다.

아무리 영웅검과 종목, 두 사람을 상대로 싸우고 있

는 와중이었다 하나 아무런 기척 없이 자신의 등 뒤에 모습을 드러낸 사정혜에게 감탄을 토할 여유조차 있었다.

하지만 사정혜의 일수 이후 바로 연이어진 공격이 그런 백룡의 여유를 박살 냈다.

사정혜가 하얗게 웃었다. 나라 하나를 파멸로 몰고 갈 경국지색을 연상시키는, 그런 고혹적이면서도 사이한 미소였다.

사정혜의 겨드랑이 사이로 쇄도한 검.

검의 손잡이를 쥔 자는 없었다.

이기어검(以氣御劍).

두 번 생각할 필요도 없었다.

'검제!'

백룡이 정신적인 비명을 질렀다.

◗

신조는 의식을 잃었다.

차가운 죽음이 다가왔다.

어둠을 닮은 칠흑의 도기가 밤을 갈랐다.

도철과 유성을 상대로 일수를 펼치려던 창룡은 공격을 변환하였다. 뇌기를 허공에 뿌려 도기를 분쇄함과 동시에 발로 땅을 강하게 밟아 무형의 기파를 자신 주변으로 퍼트렸다.

도철과 유성은 그 힘만으로도 돌진하던 기세를 잃고 바닥을 나뒹굴어야 했다.

창룡은 도기가 날아온 방향을 보았다. 용왕대주의 수급을 들고 있는 남자의 정체를 간파하는 것은 어렵지 않았다.

"도신 사주헌."

삼신 가운데 최후의 일인.

그의 그림자인 흑영대가 천궁의 담벼락 위를 뒤덮었다. 담 아래 서 있던 황실 무사들은 급히 무기를 뽑아 들고 그들을 경계했다.

도신은 담 위에 용왕대주의 머리를 내려놓았다. 눈동자를 굴려 산산조각이 난 천궁의 바닥과 곳곳에 널브러진 이들을 살폈다. 마지막으로 시선이 닿은 곳에는 신조가 있었다. 눈을 감고 있었고, 미동조차 없었다.

"십삼조는 실패한 모양이군. 같은 십삼조가 상대였기 때문일까?"

도신은 인상을 찡그렸다. 용왕대주와의 싸움에서 생각보다 큰 내상을 입은 상태였다. 최상의 상태로도 승부를 장담할 수 없는 천룡과 지금부터 생사결을 벌일 생각을 하니 기분이 좋을 수가 없었다.

도신은 무인이기에 앞서 살수였다. 그렇기에 적을 눈앞에 두고 도망치는 것에 조금의 거리낌도 없었다. 하지만 이번에는 그럴 수 없었다.

'지금뿐이군.'

아무리 흑사문이 대단하다고 한들 평시라면 지금처럼 황궁 내를 활보할 수 없을 터였다. 십삼조가 개입되었기 때문에, 그들과 직접 손속을 나누겠다는 창룡의 의지 덕분에 지금 같은 상황이 그려진 것일 터였다.

도신은 창룡의 얼굴을 알았다. 다른 누구도 아닌 창룡이 천룡이란 사실은 도신에게도 꽤나 놀라운 일이었지만, 그 충격은 신조나 애묘가 겪은 것과는 비교조차

할 수 없을 만치 작았다.

도신이 생각하는 것은 한 가지뿐이었다.

지금 물러서면 아예 창룡을 노리지 못하게 될 가능성이 컸다. 어쩌면 지금보다 더 안 좋은 상황에서 창룡과 마주해야 할지도 몰랐다.

도신은 대태도를 길게 늘어트렸다. 십삼조 역시 그냥 지지는 않았는지 창룡 또한 꽤나 힘을 소진한 것으로 보였다.

"애들끼리 싸우게 할 것 있나. 어른들끼리 결판을 보자고."

도신은 한가로이 웃으며 담벼락에서 내려섰다. 황실 무사 몇이 그를 돌아보았지만 감히 길을 가로막지 못했다.

창룡은 창을 고쳐 쥐고 도신에게 시선을 돌렸다.

그리고 그랬기에 신조와 애묘를 보지 못했다.

◐

신조의 심장이 멎었다.

차갑게 식어 갔다.

아수라가 격파되었다.

기어코 용과 호랑이 신장의 머리를 박살 낸 청원이 아수라의 가슴에 개벽검을 꽂아 넣었고, 귀곡자가 오행의 힘을 개벽검에 쏟아부었다. 일시에 방출된 그 힘은 아수라의 중심에 있는 술법의 핵을 무너트렸다.

청원은 환호성을 토하며 아수라의 잔해를 관통했다. 등 뒤로 귀화를 폭발시켜 발생한 추진력을 이용해 청룡에게 돌진했다.

청룡은 급히 양손에 나눠 쥔 부적을 휘두르며 술법을 펼치려 했지만, 청원의 개벽검이 더 빨랐다.

완성되지 못한 청룡의 주술이 부서졌고, 개벽검이 청룡의 가슴을 꿰뚫었다.

죽는다.

이제는 살 수 없다.

'마지막이구나.'

머릿속에 울리는 목소리는 청원의 것이 아니었다.

맹저.

환청이 아니었다. 그녀가 최후의 순간 발했던 주술의 잔흔이 지금 일어나 목소리를 내는 것이었다.

'내가 마지막으로 했던 말. 그 말이 그저 널 압박하기 위한 말이었다고 생각하느냐?'

주술에 있어 말은 곧 힘이었다.

힘을 가진 말. 언령(言令).

맹저는 최후의 순간 말했다.

십삼조의 스승은 살아 있다. 죽지 않았다.

스승의 위광을 빌려 광룡을 압박하기 위한 말이 아니었다. 되는대로 구차하게 내뱉은 최후의 단말마도 아니었다.

그 말은, 언령은 '부름' 이었다.

청룡은 더 생각하지 않았다.

이제 와 십삼조의 스승이 돌아오더라도, 그리하여 광룡의 대업이 무너지더라도 다 상관없는 일이었다.

청룡 자신은 이제 죽는다.

'흑룡.'

소리 내어 부르지 못했다.

청원의 개벽검이 청룡의 가슴을 헤집었다.

황궁 내에서 여러 싸움이 있었다.

도신이 용왕대주의 목을 베었다.

영웅검과 칠정도 종목이 검제의 이기어검에 허리를 꿰뚫린 백룡의 육신에 각자의 검과 도를 박아 넣었다.

청룡을 격파한 청원이 지치지도 않고 천궁을 향해 질주했다.

도신과 창룡이 격돌했다. 진정한 천하제일무를 겨루기 위한 마지막 싸움을 벌였다.

이 모든 것을 멀리서 지켜보는 자가 있었다.

그 남자는 생각했다.

도신은 창룡을 이길 수 없다.

당금 무림에, 아니, 이 세상에서 단신으로 창룡과 맞서 싸울 수 있는 자는 단둘뿐이다.

하나는 진정한 귀신의 혈족의 후예였다.

백 년 전, 혈랑마존을 쓰러트린 폭뢰신창의 진정한 후계자 말이다.

하지만 그는 지금 심산유곡에 틀어박혀 있었다. 강

호에 무슨 일이 있는지, 황궁에서 어떤 싸움이 일어나고 있는지도 알지 못했다.

그렇다면 이제 하나밖에 남지 않았다. 그리고 그것은 도신이 아니었다.

남자는 먼 곳에 있었다.

천궁은 보이지도 않았고, 황실과도 멀었다.

그렇기에 닿지 않을 것을 알면서도 남자는 소리 내어 말했다.

"말하지 않았더냐. 네게 전수한 무공의 이름을, 그 유래를."

그것은 죽음에서 다시 태어나는 새.

불사(不死)의…… 신조(神鳥).

◑

제일식, 홍염(紅焰).

제이식, 신생(新生).

◑

도신의 살기가 세상을 뒤덮었다.

그는 권신이나 창룡처럼 강기를 발산하지 않았다.

그는 살수 문파에서 나고 자란 살수였다.

적을 죽인다.

오로지 그것만을 생각하는 그의 칼은 화려함과는 거리가 멀었다.

창룡이 뇌기를 뿌렸다. 신조와 창룡의 싸움과 비슷한 양상이 그려지는 것 같았다.

하지만 도신은 신조와 달랐다. 신법 자체는 신조가 더 뛰어날지 모르나, 무공에 대한 재능과 이해는 도신이 월등하였다.

도신은 조금씩이지만 분명하게 거리를 좁혔다. 칠흑이라고밖에 표현 못할 필살의 칼을 거머쥐고 질주했다.

창룡은 사갈의 영향력에서 완전히 벗어날 수 없었다. 애묘가 마지막으로 뿌린 독 역시 미세하게나마 남아 창룡의 발을 붙잡고자 하였다.

그래서 창룡은 속전속결을 생각하였다. 이제는 싸움의 방식을 바꿀 때가 되었다.

창룡이 뇌기를 뿌리는 대신 창을 당기며 지면을 박

찼다. 그리고 사라졌다.

**폭뢰신창, 신뢰의 장.**
**질풍신뢰(疾風迅雷).**

질풍신뢰는 신법이 아니었다. 육체의 반응속도를 극한까지 끌어 올리는 동시에 폭발적인 가속 능력을 부여하는 육체 강화의 비전에 가까웠다.

도신은 순간이지만 창룡의 신영을 완전히 놓치고 말았다. 급히 기감을 펼침과 동시에 사방으로 눈동자를 굴려 창룡의 흔적을 좇는 데 성공했지만, 그때는 이미 너무 늦어 있었다.

콰강!

벼락이 쳤다.

도신의 좌측에서부터 파고든 창룡이 창을 내려치자 뇌성이 일었다.

그야말로 찰나.

도신은 간신히 몸을 비틀어 쏟아지는 창격에 도를 밀어 넣을 수 있었지만, 이미 제대로 막았다 할 수 없는 상황이었다.

뇌격이라 해도 좋을 일격을 견디지 못한 도신의 칼은 박살이 났다. 거기에 그치지 않고 칼을 쥐었던 도신의 팔이 기묘한 각도로 꺾였다.

도신은 고통을 씹어 삼키며 급히 발을 놀렸다. 이제까지와는 반대로 어떻게든 창룡과의 거리를 벌리고자 하였다.

무리한 기동이었다. 그리고 그렇기에 도신은 창룡이 추적하는 대신 창을 당겼을 때, 수평으로 내지를 자세를 취했을 때 욕지거리를 토했다.

창끝에 집중되는 뇌기.

형상화하는 것은 폭뢰의 용.

콰가가가가가가강!

창룡의 극의 폭룡아가 도신에게 쇄도했다.

도신은 다시 한 번 몸을 비틀었다.

하지만 폭룡아는 빨랐고, 거리 또한 가까웠다.

폭뢰의 용이 도신의 왼팔을 집어삼켰다. 그대로 나아가 천궁의 담벼락 일부를 문자 그대로 소멸시켰다.

도신은 엉망진창으로 바닥을 나뒹굴었다. 뇌기에 당한 상처에선 피조차 흐르지 않았다.

"하아…… 하아……."

도신은 숨을 헐떡였다. 간신히 목숨은 구했지만 칼은 부서졌고 왼팔은 이제 존재하지 않았다.

예상 밖이었다고는 하나, 창룡의 순간 가속에 대응하지 못한 도신 자신의 패배였다.

하나 이대로 끝낼 순 없었다. 동귀어진은 무리일지라도, 적어도 사지 가운데 하나는 빼앗아야만 했다.

독기를 품은 도신은 부서진 칼자루를 미련 없이 버리고 팔목에 부착해 둔 비수를 쥐었다.

그런데 창룡이 자신을 보고 있지 않았다.

창룡만이 아니었다.

천궁의 담벼락 안에 있던 모두가 도신이 아닌 다른 누군가에게 시선을 돌렸다.

본래라면 지금 이 순간 창룡을 쳐야 맞았다. 하지만 도신은 다른 모두가 그러한 것처럼 고개를 돌려 바라보았다.


어둠 사이, 홍염(紅艶)이 일었다.

있을 수 없는 일이었다.

일어나서는 안 되는 일이었다.


신조의 심장이 다시 박동하였다.

죽음으로부터 깨어나 다시금 영혼의 포효를 토했다.

불길이 전신을 휘감았다.

극히 짧은 시간 만에 다시 한 번 환골탈태를 이루었
다.

불꽃, 홍염.

새로운 육, 신생.

그리하여 다시 태어나는 것.


애묘가 가느다란 숨을 토했다.

한 줌 남은 생명의 불꽃이 그녀로 하여금 흐릿한 눈
으로나마 바라보게 만들었다.

스승님은 말씀하셨다.

그것은 죽음에서 다시 태어나는 새.

용을 잡아먹고 사는 신수의 전설.


**불사신조(不死神鳥).**

그것은 오로지 폭뢰신창을, 뇌신(雷神)의 무공을 꺾기 위해 만들어진 신살(神殺)의 무예.

애묘는 목도하였다. 그렇기에 정신적인 웃음을 터트렸다.

그 옛날 장난스럽게 떠들었던 말을 다시 한 번 마음에 담았다.

'진짜 비기는, 정말로 위험한 순간에 사용해야 제맛이지 않을까?'

신조는 눈을 떴다.

홍염 속에서 창룡을 노려보았다.

낮은 목소리로 속삭이듯 말했다.

"비상하라…… 신조(神鳥)."

스승님의 무예.

신조 자신이 물려받은 절기.


**불사신조(不死神鳥), 제삼식(第三式).**
**신조(神鳥).**


창룡은 더 기다리지 않았다.

사납게 일갈하며 질풍신뢰를 발동시켰다.

신조는 창룡을 놓치지 않았다.

질풍신뢰를 상대하기 위해 만들어진 신속(神速)을
발하였다.

콰가가가가가가강!

굉음이 주변 일대를 진감시켰다.

불꽃과 뇌기가 격돌했다.

창룡의 무공에 대한 재능은 십삼조 제일이었다.

아니, 그야말로 천하제일기재를 자처할 수 있는 자
질을 타고났다.

무공이란 영역에서 신조는 창룡의 상대가 되지 못했
다.

그 깊이도, 이해도 도저히 따라잡을 수 없었다.

하지만 신조는 지금 이 순간 창룡과 대등하게 맞섰
다.

상중하, 세 개의 단전에서부터 끊임없이 새로운 힘
이 솟구쳐 올랐다.

가히 예지라 해도 좋을 육감은 질풍신뢰를 발휘하고
있는 창룡을 결코 놓치지 않았다.

스승님은 말씀하셨다.

잘 보고, 잘 피하고, 잘 때려라.

어린애 장난 같은 이야기가 아니었다.

그것이 결국 싸움의 요체였다.

신조는 창룡의 투로(鬪路)를 읽었다. 아무리 현란한 무예라 해도 그것은 결국 하나의 병장기가 이루어 내는 궤적에 불과했다.

신조는 놓치지 않았다.

전부 보았고, 전부 피했다.

불사신조는 폭뢰신창과 크게 다르지 않았다.

이렇다 할 초식도 없었고, 기술이라고 해 봐야 그 수가 다섯을 넘지 못했다.

극단적이라 해도 좋을 육체와 영의 강화.

불꽃이 뇌기를 흩어 놓았다.

신조의 불꽃이 창룡의 뇌기보다 더 강하기 때문이 아니었다.

불사신조의 불꽃은 애당초 폭뢰신창의 뇌기를 파하기 위해 만들어진 것이었다.

폭뢰신창은 분명 뇌신의 힘이라 할 만한 무공이었다.

지상에 강림한 무신(武神)이라 해도 좋았다.

하지만 불사신조는 그러한 폭뢰신창을 죽이기 위해 만들어진 무공이었다.

모든 것이 폭뢰신창과 극상성을 이루었다.

그리고 신조가 가진 것은 불사신조만이 아니었다.

아랑의 극의 탐랑이 게걸스럽게 창룡의 뇌기를 먹어 치웠다.

애묘의 극의 사갈은 창룡의 정신에 남은 잔재들을 그러모아 더 큰 힘이 되어 창룡을 압박했다.

제아무리 창룡이라 하나 연속해서 이어진 사갈의 힘 앞에는 약해질 수밖에 없었다.

마침내 신조가 창룡의 지근거리에 도달했다.

창룡은 창을 짧게 쥐고 신조와 근접 박투에 돌입하였다.

뇌격이 사방천지를 뒤덮는 싸움이 아니었다. 눈으로 포착하기 힘들 만치 빠른 속도로 움직이는 두 사람이 펼치는 혈투였다.

대기가 찢어졌다.

두 사람의 박투로 생겨난 진공의 칼날이 주변 일대를 짓찢으며 파공성을 울리니, 흡사 세상 그 자체가 울부짖는 것 같았다.

어째서 이렇게 된 것일까?

왜 이런 싸움이 시작된 것일까?

신조는 더 이상 스스로에게 묻지 않았다.

오로지 하나, '적'을 죽이는 것에만 집중하였다.

창룡은 애묘를 죽이려 하였다. 그 배에 주저 없이 창을 꽂았다.

뇌호 형도, 아랑 형도, 맹저도 그렇게 죽었을까?

그렇게 믿었던 장형에게 목숨을 잃었던 것일까?

뇌기와 불꽃이 어둠 속에서 현란하게 춤추었다.

서글프며 또한 격렬한 대립이었다.

두 사람은 서로에게 유효한 공격을 성공시키지 못 했음에도 불구하고 그 여파로 인해 피투성이가 되었다.

두 사람은 점점 더 빨라졌다.

주고받는 공격은 한층·더 강력해졌다.

신조는 울부짖었다.

오른손에 쥔 비수를 당기며 창룡과 시선을 교환했다.

눈은 영혼의 창.

창룡의 눈은 붉었다.

살의로 번뜩이는 그 눈은 창룡이 무엇을 하려는지를
말해 주었다.

신조의 눈 역시 붉었다.

창룡의 살의를 읽은 신조는 피하지 않고 정면으로
맞섰다.

창룡이 펼치는 것은 폭뢰신창의 극의.

과거 혈랑마존을 쓰러트린 뇌신의 절초.

신조가 펼치는 것은 불사신조의 극의.

용을 잡아먹는 신수, 폭뢰신창을 파하기 위한 최후
의 일격!

**울부짖어라, 폭뢰(爆雷)！**
**폭룡아(爆龍牙)！**

**멸하라, 신화(神火)！**
**가루라(迦樓羅)！**

창룡의 창끝에서부터 일어난 뇌기의 용이 포효했
다.

신조를 집어삼키기 위해 그 거대한 아가리를 벌렸다.

하지만 소용없었다.

신조의 오른손에서 일어난 신살의 불길이 뇌기를 불태웠다. 그치지 않고 창을 깨트리고 나아갔다.

창룡이 비명을 질렀다.

신조는 무시했다.

그리고 비수가 창룡의 가슴에 닿았다.

찰나.

다시 한 번 신조와 창룡의 시선이 교차했다.

두 사람 모두 마지막을 직감했다.

신조는 멈추지 않았고, 불꽃을 머금은 비수는 마침내 창룡의 가슴을 꿰뚫었다.

창룡의 등 뒤로 불꽃의 연화가 피었다. 육신 내부에서 일어난 화기(火氣)의 폭발은 창룡을 도저히 피할 수 없는 죽음으로 내몰았다.

신조의 비수도 부서졌다.

창룡의 무릎이 힘없이 꺾였다. 신조의 품 안으로 무너지듯 쓰러졌다.

신조는 그런 창룡을 밀어내지 않았다.

"혈랑…… 마존……."

창룡은 속삭였다.

너무나 작아 신조 외에는 그 누구도 들을 수 없는 목소리였다.

원망일까, 한탄일까?

그것도 아니면 회한인 것일까?

뇌기가 사라졌다.

불꽃도 사라졌다.

신조는 창룡의 시신을 끌어안았다.

뜨거운 눈물을 흘렸다.

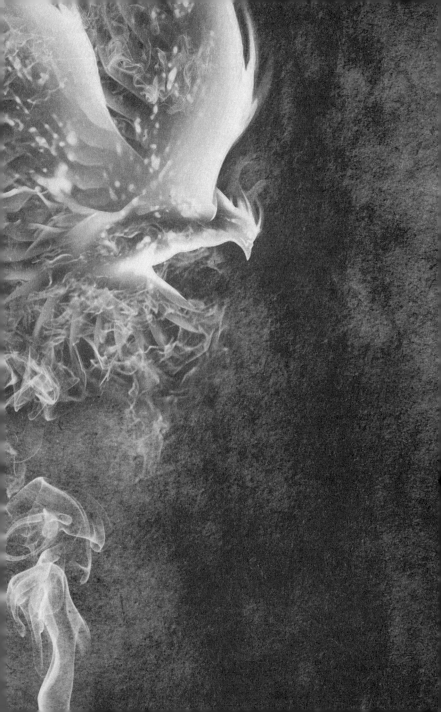

청원이 천궁에 도달했을 때는 이미 싸움의 결착이 난 뒤였다. 청원은 신조에게 다가가거나 말을 거는 대신 급히 눈동자를 굴려 천궁 내에 남은 이들을 보았고, 그들 가운데 하나인 도신과 시선을 마주하였다.

청원이 원한 것은 상황 설명이 아니었다.

창룡이, 광룡의 주인인 천룡이 죽었다.

광룡의 대외적인 수장인 용왕대주 또한 유명을 달리하였다.

광룡은 이제 끝났다. 그러니 서둘러야만 했다.

창룡을 상대하고 있어야 할 청원이 천궁에 도달한

것을 본 순간, 도신 또한 알아차렸다. 그는 더 이상 망설이지 않았다.

"쳐라!"

도신이 일갈했다. 그 외침이 목표로 하는 것은 이미 죽은 창룡이 아니었다. 흑영대가 일시에 황실 무사들을 공격하기 시작했다.

도신은 도철과 유성에게도 전음을 쏘아 보냈다.

*[싸움은 끝났다! 이제는 탈출이다!]*

광룡은 끝났다. 하지만 황실 고수들은 아니었다. 무림연합 천인회와의 싸움을 위해 많은 황실 고수들을 내보낸 황실이지만, 아직 그 저력은 바닥을 보이지 않았다.

천룡인 창룡이 십삼조와의 대결을 꾀하지 않았다면 지금 같은 구도는 나오지 않았을 터다. 더욱이 아직 백룡과 흑룡의 생사를 모르는 상황이 아닌가.

그러니 이제는 몸을 뺄 때였다.

천궁의 황제를 쳐 진정 역성혁명을 꾀하는 것이 아니라면 그것이 사리에 맞았다.

도철이 애묘를 들쳐 업었고, 유성이 신조를 향해 신형을 날렸다.

홍초는 헐떡이며 자리에서 일어나 주변을 둘러보았다.

흑영대와 황실 무사들이 싸움을 벌이는 와중에 청원이 괴이의 모습에서 사람의 모습으로 돌아와 소맷자락에 감추고 있던 부적들을 사방팔방으로 던졌다.

절로 일어난 불길이 부적을 태우더니, 이내 주변을 붉고 푸른 안개로 가득 메웠다.

도신도 보고만 있지 않았다.

흑영대의 조장들에게 전음을 보내 신호탄와 연막을 동시에 활용하게 하였다.

신호탄은 딸인 사정혜에게 보내는 것이었고, 연막은 청원과 마찬가지로 탈출을 위함이었다.

도신이 흑영대와 함께 길을 열었다.

유성이 신조를 업었고, 신조는 마지막 힘을 발해 창룡의 시신에 삼매진화를 일으켰다.

안개 속에서 창룡의 시신이 불탔다.

신조는 더는 돌아보지 않았다. 유성과 도철, 홍초가 달렸고, 궁을 빠져나왔다.

●

어린 황제는 연귀인의 품에 파묻혀 오들오들 떨었다. 밖에서 끊임없이 울리는 뇌성이 너무 무서워 그만 울기까지 하였다.

무섭기는 연귀인도 마찬가지였다. 하지만 연귀인은 억지웃음을 지으며 황제를 달랬다. 황제와 자기 자신에게 모두 잘될 거라 말했다.

어느 순간 뇌성이 끊겼다. 싸우는 소리도 점점이 멀어지더니 들리지 않게 되었다.

연귀인은 밖의 동태를 살펴보고자 했지만, 황제가 그녀를 놓아주지 않았다. 위험하니 이곳에서 꼼짝도 하지 말자 말했고, 연귀인은 황제의 고집을 꺾지 못했다.

연귀인과 황제가 침실을 벗어난 것은 다음 날 아침, 대승상의 측근이자 연귀인을 발굴해 낸 장본인인 구성이 천궁을 찾은 이후였다.

☯

흑룡은 청룡이 죽었다는 것을 알았다.

그가 떠나기 전에 남겨 준 보옥이 빛을 잃었기 때문
이다.

일평생 거의 전부를 황실에서만 보냈던 흑룡은 천마
회의 몰락 후 휘하에 돌아와 있던 용화와 함께 황실을
떠났다. 황실에는 이제 더 이상 그녀의 아버지인 천룡
도, 사랑인 청룡도 남아 있지 않았다.

◑

거기장군은 천룡의 죽음과 광룡의 몰락 소식을 그날
새벽에 접하였다. 과거 대장군과 대승상은 서로를 견
제하는 사이였지만 새 시대의 권력을 장악할 거기장군
과 구성은 그러하지 않았다.

두 사람은 지금 서로 협조해야 할 때임을 잘 알았
고, 그렇기에 미리 서로 나눈 의견대로 일을 진행시켰
다.

거기장군은 천인회와 정면충돌하는 대신 진을 세우
고 제자리를 고수하였다.

황실의 구성은 천인회에 가담하지 않았거나 가담하
였다 할지라도 미적미적한 태도를 보였던 이들에 대한

회유책을 펼쳐 천인회를 고립시켰다.

특히나 천인회의 중진들이 속한 무림 문파들에게 반역죄에 대한 면책권과 천인회 소속 고수들의 목숨을 교환케 한 것이 주효하게 작용하였다.

천인회는 몰락하였고, 대부분의 문파가 황실의 권위에 무릎을 꿇으니 표면적으로나마 천인회의 '역모'는 마무리가 되었다.

◑

암화는 구성과 손을 잡는 것으로 다시 한 번 생로를 찾았다. 암룡과 광룡은 공식적으로 모두 해체되었지만, 구성과 거기장군은 두 세력의 숨겨 둔 힘에 관심이 많았다.

천마회의 잔재는 고스란히 대장군부의 손에 들어갔다. 암룡 대신 새로이 만들어진 조직은 황실을 위한 첩보와 암살을 전담하였으니, 기실 암룡과 다를 것이 없었다.

◑

암왕은 암룡의 수장이 아닌 황족의 일원으로서 황실을 떠났다. 그녀는 암화에게 암룡의 모든 비전을 넘겨주는 대가로 요호의 행방을 알아내고자 했지만 황실 어디에서도 그녀의 흔적을 찾을 수 없었다.

요호가 스스로 떠났음을 이해한 암왕은 더는 헤매지 않고 일비에게 향했다. 일비의 천하제일루에서 생을 마감할 생각을 하였다.

◐

도황은 칠정도 종목에게 홍초를 약속했지만, 종목은 끝내 홍초에게 장가들지 못했다. 종목과 결혼해야 한다는 이야기를 들은 홍초가 야반도주를 한 탓이었다.

도황은 미안하게 되었다며 웃었고, 칠정도 종목은 크게 아쉬워하지 않았다.

가끔씩 영웅검 도제일을 만나 서로의 공부를 비교해 보는 것을 낙으로 삼으며 도황에게 물려받은 도법을 갈고닦았다.

녹림은 재건되지 않았고, 새로운 문파가 사파칠주의
한 자리를 차지하였다.

◐

검제 백강호는 죽은 검신의 대를 이어 검신의 자리
에 올랐다.

검황이 이에 이의를 표하며 새로운 검신에게 도전장
을 내밀었으나, 검황은 삼각귀와의 사투 끝에 한 단계
진일보한 백강호의 상대가 되지 못하였다.

살성 사정혜는 자기도 하루 빨리 도신이 되어 가가
와 짝을 맞추어야겠다고 깍깍거렸고, 한 팔을 잃었음
에도 도신으로 군림하는 사주헌은 딸자식 키워 봐야
소용없다는 옛말을 새삼 실감하였다.

◐

부둣가의 하늘에서 바람이 뒤엉켰다. 북쪽에서 불어
온 마른 바람과 남쪽에서 일어난 바닷바람이 서로 한
데 뭉쳐 서쪽으로 불었다.

갈매기도 많고 배도 많았다. 특히나 오늘은 평소에
는 쉬이 찾아볼 수 없는, 정말 궁전만 한 큰 배들이 몇
척이나 부두에 모습을 보였다.

새외와의 교역을 위해 먼 바다까지 나가는 배들이었
다.

도황 예비 후보 일번이자 사파오성 가운데 필두인
살성 사정혜는 내키지 않는 일을 마주한 사람처럼 콧
잔등에 주름을 만들었다.

"정말 가려고?"

"가야지."

평소처럼 검정에 가까운 색상이긴 했지만, 그래도
이래저래 모양을 낸 것이 분명한 나들이옷을 입은 사
정혜 앞에 선 것은 신조였다.

신조의 등 뒤에는 신조 외에도 여러 사람이 있었다.
눈동자를 굴려 그들 하나하나를 모두 살펴본 사정혜는
입술을 삐쭉 내밀었다. 못내 아쉽다는 듯 다시 한 번
신조에게 말했다.

"나중에 또 볼 수 있을까? 나랑 가가랑 혼례 올릴
때는 올 거지?"

새외로 나가는 것이었다. 목적지가 명확하진 않지

만 바다에서 보내는 시간만 해도 몇 년일 것이 분명했다.

신조는 지킬 수 없는 약속을 하는 대신 십비 가운데 하나였다고는 하나 정말로 아낌없는 조력을 보내 준 사정혜에게 감사를 표했다.

"고마웠다."

"됐어. 나중에 선물이나 많이 사 와."

히죽 웃은 사정혜는 신조 뒤에 있는 사람들에게 시선을 보냈다. 유성과 나란히 서 있던 홍초는 장난스럽게 마주 웃으며 귀엣말 흉내를 내며 재잘거렸다.

"걱정하지 마요! 무리하려고 하면 내가 헛기침 신나게 터트려 줄 테니까!"

신조는 입술을 꾹 다물었고, 나머지 사람들은 모두 웃었다.

신조의 새외행에 동참하는 이들은 적지 않았다.

유성은 어차피 둘째이니 가문을 이을 필요도 없고, '제'는 신나게 돌아보았으니 새외로 나가보는 것도 나쁘지 않다며 따라붙었다.

칠정도 종목과의 결혼을 피해 집을 나온 홍초는 새외보다 안전한 곳이 어디 있겠냐며 유성의 품에 머리

를 기댔고, 유성은 그런 홍초의 허리를 꽉 끌어안았
다.

처음 마주했을 때보다 다소 나이를 먹은 것처럼 애
묘의 외양은 삼십 대 후반의 미부로 보였다. 너무 무리
해서 힘을 쓴 반작용 때문이라며, 조만간 다시 탱탱한
모습으로 돌아갈 터이니 걱정하지 말라는 것이 애묘의
설명이었다.

그녀는 토굴에서의 약속처럼 신조를 따라 새외로 나
가는 것을 선택했다.

암룡도 없어진 마당에 중원에 미련이 뭐 있겠냐며
도철은 애묘에게 함께 가겠다 하였고, 애묘는 딱히 도
철을 밀어내지 않았다.

배가 출항할 시간이 다가왔다. 마지막 작별의 말을
나누는 것은 청조의 역할이었다.

"잘 있어요."

사정혜는 청조를 꽉 끌어안아 주었다. 함께한 시간
은 그리 길지 않지만 깊은 정을 나눈 두 사람이었다.


"잘 가!"

사정혜와 일별하고 갑판 위에 오른 지 얼마나 지났

을까?

배가 출발할 즈음, 신조와 일행은 사정혜의 목소리를 다시 들을 수 있었다. 내공을 운용한, 실로 사자후라 해도 좋을 그녀의 마지막 인사에 신조와 청조는 웃으며 손을 흔드는 것으로 답례했다.

"발랄하네."

"기운이 넘치네요."

창룡과의 결전도 벌써 반년 전의 일이었다.

신조는 십삼조의 집 앞에 무덤을 만들어 제 곳곳에 흩어져 있던 십삼조의 시신들을 모두 이장하였다.

애묘의 뜻에 따라 요호의 묘는 만들지 않았고, 요호를 수탐하는 일 역시 없었다. 창룡의 죽음을 요호가 모를 것 같지 않았고, 그녀가 끝내 모습을 드러내지 않는 것은 그녀 나름의 뜻이 있어서일 거라 생각했기 때문이다.

신조는 자신이 물려받은 증표를 파하였다. 맹저와 뇌호의 증표는 이미 창룡이 파한 뒤였다.

유성과 애묘도 신조의 뜻을 따라 주었고, 이제 이 세상에 증표는 요호의 것을 빼고는 하나도 남지 않게 되었다.

배가 항구를 떠났다.

신조는 항구가 아닌, 배가 나아갈 바다를 향해 돌아섰다.

청조가 신조의 손을 꽉 붙잡았다.

신조도 그 손을 놓지 않았다.

저 먼 수평선을 바라보며 신조는 미소 지었다.


〈『불사신조』完〉

# 후기

 

 

불사신조가 끝났습니다. 폭뢰신창 때도 그랬지만, 이번에도 육권으로 기획하고 육권으로 마무리가 되었네요.

 

음, 폭뢰신창 후기 때 했던 이야기를 반복하자니 기분이 좀 묘하지만 그래도 해야 하는 이야기이니 해 보도록 하겠습니다.

이번에 기획한 무협 3부작(불사신조, 폭뢰신창, 강호질풍전)은 본래 출판용이 아니라 연재용으로 초기 기획을 잡은 글입니다. 그래서 3부작의 핵심 요소인

'혈랑마존' 부터가 제 전작(나이트 사가)의 인물입니다.

저는 모든 세상 연대기라는 일련의 시리즈를 쭉 쓰고 있는데요, 그러다 보니 아무래도 연대기를 쭉 보시던 분들과 이번에 출간된 폭뢰신창, 불사신조만 보신 분들 사이에서는 미묘한 온도 차이가 날 수밖에 없더군요. 이건 모두 제가 아직 부족해서 벌어진 일인 것 같습니다.

그래도 마지막 3부인 강호질풍전은 다른 연대기보다는 불사신조, 폭뢰신창과 연계가 깊으니 이러한 온도 차이가 적어질 것이라 생각합니다.


숨겨진 이야기와 외전들은 기존의 연대기를 보시던 분들이시라면 납득하고, 반가워하실 만한 이야기지만 불사신조로 처음 연대기를 접하신 분들에게는 다소 낯선 이야기가 될 것 같습니다. 이 점 역시 양해를 바랍니다.

불사신조 본편 외에 다른 것들이 권 말미에 많이 들어가 죄송한 마음을 감출 수 없습니다. 분량 조절에 실패한 제 책임이니 그저 죄송할 따름입니다.

이 후기를 쓰고 있는 시점을 기준으로 지난주에 문 피아에서 무료로 연재 한 'Orcs!'를 완결 보았습니다. 한 주 만에 연달아 〈끝〉 자를 써 넣으니 기분이 참 묘하네요. 불사신조를 쓰는 동안에는 여러모로 힘든 일이 꽤 있었기 때문인지 더 감회가 깊은 것 같습니다.

　폭뢰신창과 불사신조를 출판할 기회를 주신 뿔미디어에 감사드립니다.
　신조와 청조, 애묘와 홍초, 도철과 유성, 특히 폭뢰신창은 물론이거니와, 'Orcs!', 나아가 무협 3부작의 마지막을 장식할 '강호질풍전'에서도 활약할 사정혜가 있어 즐거웠습니다.

　불사신조는 여기서 끝났지만, 연대기는 앞으로도 조금 더 이어질 것 같습니다.
　다른 글에서 다시 한 번 뵙기를 소망하며 이만 물러갈까 합니다.
　감사합니다. 오늘 하루도 행복하시기를!

숨겨진 이야기

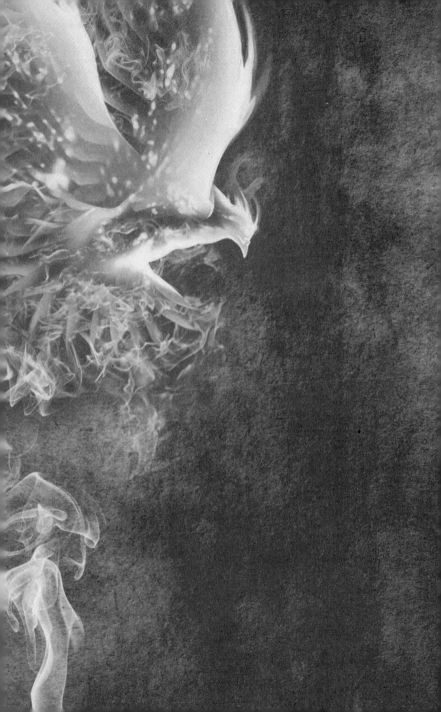

남자는 한적한 산길 한가운데 서 있었다. 달은 밝고 바람은 시원했다.

길을 걷던 아름다운 여자는 남자를 보고 그 자리에 멈추었다. 당황해 입을 열지 못하였고, 남자는 그런 여자에게 손을 흔들며 말을 걸었다.

"안녕."

"스승님."

여자, 요호는 눈을 감았다.

입 밖으로 내고 나니 마음이 다소 가라앉았다. 다시 눈을 떠도 사라지지 않는 스승을 향해 발걸음을 내딛었다.

"오랜만이구나. 여전히 예쁘네."

남자와 요호는 커다란 나무 아래에 나란히 앉았다. 남자의 말대로 요호는 예뻤다. 이제 나이 일흔을 바라봄에도 가장 아름답던 스무 살 무렵의 모습을 조금도 잃지 않았다.

요호가 익힌 방중술은 선술의 한 계통이었다. 경지에 오르면 음과 양의 순환을 통해 불로장생을 누릴 수 있으니, 요호가 젊은 모습을 고스란히 간직하고 있는 것은 어쩌면 당연한 일일지도 몰랐다.

붉은 기가 감도는 머리칼은 허리에 닿을 만치 길었고, 하얀 얼굴 사이에 자리한 단아한 두 눈은 사람의 시선을 빨아들이는 요석과 같았다.

어디서나 흔히 찾아볼 수 있는 다소 누런 흰 천으로 된, 몸 어느 한구석 하나 속살을 드러내지 않은 단정한 옷차림이었음에도 불구하고 마음을 어지럽히는 구석이 있었다.

하지만 요호는 지쳐 있었다. 요호의 눈빛에 마음이 흔들리지 않는 자라면 누구나 바로 알아차릴 수 있을 정도로 깊은 시름과 슬픔, 피로가 어린 눈이었다.

요호가 남자의 옆얼굴을 올려다보았다.

"어디 계셨죠?"

제일 먼저 나온 물음이었다. 지난 사십 년 동안 스승님이 돌아가셨을 거란 생각을 한 적은 단 한 번도 없었다. 제자인 자신도 불로장생을 누리는 와중에 스승이 노화로 유명을 달리했을 리는 없었으니 말이다.

어디에 가 있던 것인가, 어딜 갔기에 지난 사십 년 연락 한 번 없었단 말인가.

남자는 어색하게 웃었다.

"좀 먼 곳에 가 있었단다. 본래는 아예 돌아올 생각이 없었는데 말이야."

그런데 맹저가 불렀다.

사실 그 부름을 들었어도 무시할 수 있었다. 그런데 와 버렸다. 이 세상에 다시 돌아온다 할지라도 결국 개입하지 않을 것이라는 것을 알면서도 결국에 발길이 닿아 버렸다.

남자는 자신이 십삼조에게 어느 정도의 의미를 부여하고 있는지 제대로 분간할 수 없었다. 어쩌면 그것을 확인하고 싶어 왔는지도 몰랐다.

요호는 생각하는 남자의 얼굴을 보았다.

텅 빈 유리구슬 같은 그 눈에서 감정을 읽고자 노력했다.

"이야기 좀 할 수 있을까요?"

남자가 다시 요호를 돌아보았다.

요호의 기억 속 스승님은 언제나 잘 웃는 사람이었다. 비록 그 미소가 경극 배우의 그것처럼 과장된, 말 그대로 '연기'라는 느낌이 드는 미소였지만 말이다.

남자는 이번에도 웃었다.

하지만 이전과는 달랐다. 다른 느낌이었다.

과장되지 않았고, 꾸며 낸 것 같지도 않았다.

즐거움이 아닌, 어떤 아련한 그리움 같은 것을 찾아 헤매는, 그런 미소였다.

"그래, 그러려고 온 것이기도 하니까."

요호는 숨을 크게 골랐다.

남자와의 만남은 그야말로 예상 밖의 일이었고, 때문에 무슨 말을 해야 할지 머릿속을 정리하지 못했다. 그래서 결국 부지불식간에 튀어나온 것은 두서없는 말이었다.

"창룡의 생각대로였나요?"

정말 창룡의 생각처럼 십삼조의 절기를 하나로 모으

면 새로운 혈랑마존이 탄생하는 것이었는가.

요호의 눈에는 간절함이 어렸다.

창룡의 생각이 무엇이었는지에 대해서 설명할 필요를 느끼지는 못했다. 스승님은 언제나 모든 것을 다 알고 계셨으니까.

남자는 고개를 가로저었다.

"아니, 그렇지 않다. 창룡의 생각은, 스스로를 보다 합리화시키기 위해 만들어 낸 그 생각은 잘못되었다."

합리화.

창룡은 뇌호를 죽였다.

창룡은 많은 이유를 가져다 붙였지만, 결국엔 뇌호가 자신의 일에 가장 큰 걸림돌이 될 것이라 여겼기 때문이다.

뇌호와 아랑은 지금의 '제'를 사랑했다.

십삼조로서 살아온 세월에 대한 보상 욕구였는지도 모르지만, 늘 대의를 생각했고 지금의 평화로운 '제'를 만드는 데 일조했다는 사실에 자부심을 느꼈다.

뇌호와 아랑은 '제'를 무너트리고 새로운 나라를 세우려는 창룡과 양립할 수 없었다.

뇌호.

모든 것의 시작이었다.

뇌호를 죽이고 아랑을 죽이면 애묘와 신주는 창룡을 용서하지 못한다. 생사결의 싸움을 벌여야 한다. 그리고 그것은 곧 맹저와도 적이 됨을 의미했다.

그래서 합리화가 필요했다.

십삼조 전체를 적으로 돌려야 하는 새로운 이유가 필요했다.

그리고 그것이 바로 돌아올 혈랑마존이었다.

마치 자로 잰 것처럼, 이것이 필연이라 세상이 소리치는 것처럼 딱 들어맞는 이유였다.

홀로 이어받은 폭뢰신창.

혈랑마존에 대한 대항책.

하지만 아니었다.

창룡의 생각은 잘못되었다.

남자가 말했다.

"너희는 실망할지도 몰라. 어쩌면 창룡 녀석은 화를 낼지도 모르지. 하지만 별다른 뜻은 없었다. 사실 정말로 자질을 보고 절기를 전수한 건 일곱 가운데 오직 너 하나뿐이다."

요호는 바보 같은 얼굴이 되었다.

너무 당황한 사람들이 그러하듯, 결국엔 헛웃음을 터트릴 수밖에 없었다.

"참⋯⋯ 바보 같네요."

어깨를 늘어트렸다. 조금만 방심하면 금방이라도 눈물이 새어 나올 것 같았다. 무슨 말이라도 하기 위해 억지로 입을 벌리니 생각도 못한 물음이 이어졌다.

"그렇담, 돌아올 혈랑마존은 어떻게 된 거죠?"

스승님이 혈랑마존이었다. 무림 역사상 유래가 없는 최강최악최흉의 마인이었다. 하지만 그 마인과 스승님을 동일시하기 힘들었다.

남자는 요호의 머리를 쓰다듬었다.

"다른 걸 남겨 두었다."

남자의 표정은 부드러웠다. 하지만 요호는 그렇지 못했다. 그리고 새삼 스승님이 본래 이런 사람이었음을, 도저히 같은 사람이라 생각할 수 없는 존재였다는 사실을 자각했다.

남자는 요호의 표정이 변하는 것을 보았다. 하지만 그러함에도 불구하고 말을 멈추지 않았다.

"너희의 증표가 아니야. 너희가 익힌 것들은 애당초 혈랑마존과는 무관해. 당장에 신조 녀석의 절기만 봐도, 아니, 요호 네 절기만 봐도 알 수 있지 않니? 돌아올 혈랑마존을 위한 안배는 다른 것이다."

혈랑마존은 돌아온다.

그것을 위한 준비는 따로 해 두었다.

창룡의 생각은 완전히 틀렸다.

십삼조는 혈랑마존과 무관한 존재이다.

요호는 정신적인 충격에 빠져 무어라 목소리를 내지 못했다. 지금 자신의 머리를 자상하게 쓰다듬으며 말하는 이가 백년 전 '수만 명'을 죽인 혈랑마존이라는 사실을 처음으로 실감할 수 있었다.

그리고 연이어진 것은 창룡의 실책에 관한 이야기.

지금도 제대로 억누를 수 없는 창룡을 막지 못했다는 죄책감.

남자는 요호가 속으로 무슨 생각을 하는지 알았다. 하지만 엉뚱한 소리를 늘어놓았다.

"사마첨 녀석이 끈질기게 부탁했거든."

혈랑마존의 힘을 이을 자가 필요하다고.

제를 거꾸러트리고 새로운 나라를 세울 수 있는 그런 절대적인 힘을 가진 마인이 필요하다고.

요호는 남자의 손을 쳐 내지 않았다. 그렇다고 공포

에 빠져 몸을 떨지도 않았다. 참고 참았던 눈물을 와락 쏟아 냈다.

무어라 표현할 수 없었다.

머릿속이 엉망진창이었다.

남자는 요호의 옆에서 그저 기다렸다.

그리고 시간이 꽤 지났다. 낮이 밤이 되고, 시원한 바람은 차가운 밤바람이 되었다.

요호는 남자의 품에 머리를 기대고 있었다. 어린 시절 그랬던 것처럼 스승의 품에 안겨 물었다.

"혈랑마존이 되신 이유는 뭐죠? 그것도 그냥 유희였나요?"

목소리는 제법 안정되어 있었다. 하지만 그 목소리에는 생기가 없었다.

남자는 고개를 가로저었다.

"아니, 그렇지 않아. 유희가 아니야. 혈랑마존도, 너희도."

유희(遊戲).

그런 말로는 표현할 수 없었다.

표현해서는 안 되었다.

"나는 당시에 미쳐 있었다. 너희에게 말했던 내 가

족이 죽었거든. 그리고…… 기실 내가 그들을 죽인 것이나 다름없었다. 그래서 미쳐 버렸지."

어떤 사연이 있던 것일까?

요호는 묻지 못했다.

생전 처음 보는 스승님의 눈물을 멍하니 바라보았고, 이내 스승을 따르듯 은루를 흘렸다.

"창룡을 막지 못했어요."

요호가 말했다.

"어쩔 수 없는 일이었을 거다."

남자가 말했다.

어쩔 수 없는 일.

요호는 창룡을 막지 못했다.

창룡이 뇌호와 맹저를 죽이는 것도, 아랑을 죽이고 신조와 애묘까지 죽이려 할 때 아무것도 하지 못했다.

그저 멍하니 앉아 시간이 흘러가기만을 기다렸다.

창룡이 죽는 그 순간에도 말이다.

깊은 밤도 지나 새벽이 다가왔다.

남자는 자리에서 일어섰고, 요호는 여전히 자리에 앉아 그런 남자를 올려다보았다. 이제는 떠나려는 남자의 등에 물었다.

"스승님, 당신은 신인가요?"

무엇이든지 알고, 무엇이든지 할 수 있는 남자.

이 모든 비극을 막을 수 있었음에도 막지 않은, 그런 남자.

남자는 고개를 가로저었다.

"그런 것은 아니다. 그런 것은 아니야. 신이라니, 터무니없지."

남자는 발걸음을 내딛었다. 하지만 몇 걸음 가지 못해 뒤돌아섰다. 여전히 나무 아래 앉아 있는 요호에게 스스로도 생각지 못했던 말을 꺼냈다.

"미안하다."

◑

창룡은 죽었다.

십삼조의 집에서 멀지 않은 곳에 마련한 묘에는 신조와 애묘, 요호를 제외한 모두의 무덤이 있었다.

신조는 무덤 앞에 털썩 주저앉았다.

무덤은 모두 비어 있었다. 아직 아랑과 맹저를 이장

하지 못했고, 뇌호의 시신은 찾을 수 없었다. 창룡의 시신은 황실의 손에 부관참시당하지 않도록 신조 스스로의 손으로 불태워 버렸다.

주인 없는 묏자리에는 위패만이 줄줄이 늘어서 있었다.

결전.

창룡과의 일전이 끝난 것이 바로 어제였다.

애묘는 깊은 잠에 빠져 깨어나지 못했고, 홍초, 유성과 도철은 일의 뒷마무리를 하기 위해 동분서주했다. 무림연합 천인회와 북부 원정군, 광룡과 암룡의 잔재 등 아직 처리할 일이 많았다.

무리한 절기의 운용으로 쓰러진 애묘는 청조가 보살폈다. 밤이 깊어 새벽이 가까운 지금은 애묘의 곁에서 선잠을 자고 있을 터였다.

신조는 멍하니 무덤을 바라보았다.

모두 넷이었다.

요호는 어디로 사라진 것일까?

아직 부수지 않고 남겨 둔 아랑의 증표에 박힌 보석들 가운데 셋은 지금도 빛을 잃지 않았다.

신조는 먹먹한 가슴을 손바닥으로 눌렀다. 눈물은

더 나오지 않았지만 목이 막혔다. 무어라 표현 못할 기분이었다.

그런 신조의 등 뒤에서 남자가 말했다.

"요호라면…… 찾지 않는 것이 좋을 거다."

목소리를 듣는 순간, 신조는 눈을 꽉 감았다.

마음 깊은 곳에서 터져 나오려는 울부짖음을 있는 힘을 다해 억눌렀다.

참으로 오랜만에 듣는 목소리였다.

하지만 결코 잊을 수 없는 목소리였다.

스승님.

다시 눈을 떴을 때, 신조는 돌아보지 않았다.

숨을 깊이 삼킨 뒤 물었다.

"요호 누나는 죽었습니까?"

"죽지 않았다. 하지만 앞으로 너와 애묘를 보지는 않을 생각이야. 이유는 말하지 않아도 알 거라 생각한다."

남자는 신조의 옆에 털썩하고 앉았다.

신조는 남자를 돌아보았다.

남자는 조금도 변하지 않았다.

마지막으로 만났던 사십여 년 전 모습 그대로였다.

"너도 변함없구나."

남자는 웃지 않았다.

그 또한 허탈함에 가까운 눈으로 십삼조의 무덤을 바라보았다.

신조는 다시 한 번 가슴이 답답해지는 것을 느꼈다.

남자를 보는 순간, 수없이 많은 말들이 가슴 속을 맴돌았다.

지금까지 어딜 가 있던 건가요?

왜 이제야 온 거죠?

혈랑마존은 무엇인가요?

돌아올 혈랑마존은 또 뭐죠?

창룡 형이 이런 일을 꾸밀 걸 알고 계셨던가요?

그래서 제게 불사신조를 전수하신 건가요?

하지만 무엇 하나 입 밖에 내지 않았다.

육성으로 터져 나온 물음은 전혀 다른 것이었다.

"건강한가요?"

요호 누나는.

창룡의 죽음 이후 모습을 감춘 그녀는.

"여전히 예쁘더구나."

남자는 입꼬리를 끌어 올려 웃었다.

언제나 보여 주던 경극 배우 같은 과장된 미소가 아니었다. 그 미소에서 씁쓸함과 처연함을 읽은 신조는 남자가 요호와 만났다는 사실을 직감했다.

새벽이었다.

숨을 길게 토한 신조는 이름 하나를 입에 담았다.

"혈랑마존."

일백 년 전 나타나 제를 뒤흔든 고금제일마.

남자는 부정하지 않았다.

"그래, 그런 이름으로 불리던 시절도 있었지."

신조는 왜냐고 묻지 않았다.

스승님이 혈랑마존이란 사실을 안 이후 가졌던 긴 혼란이 거짓말이었던 것처럼 계속해서 떠오르는 것은 과거가 아닌 현재의 의문들이었다.

신조가 물었다.

"이렇게 될 것을 알고 계셨나요?"

"어쩌면. 하지만 이렇게까지 될 줄은 몰랐다."

남자는 즉답했다.

그리고 그 애매모호한 대답에 신조는 허무한 웃음을 흘렸다.

"스승님도 모르시는 게 있었군요."

다소 빈정거림에 가까웠다.

하지만 남자는 신조를 책망하지 않았고, 신조도 더는 모난 말을 하지 않았다.

남자의 얼굴 대신 뇌호와 아랑, 맹저의 위패를 바라보았다.

"묻고 싶은 것이 참 많았는데, 원망하고 싶었는데…… 막상 마주하고 나니 아무 생각도 들지 않습니다."

이미 모두 끝나 버렸다.

십삼조는 창룡과 뇌호, 아랑과 맹저를 잃었다.

이제 와서 스승님을 원망한들 바뀌는 것은 아무것도 없었다.

그리고 신조는 어렴풋이나마 알 수 있었다.

스승님의 대답을 듣기 전부터 생각한 것이었다.

스승님은 지금과 같은 사태를 의도하지 않았다.

그 옛날, 사십 년 전에 자신의 물음에 대한 답변으로 스승님이 내놓았던 그 말은 거짓이 아닐 터였다.

잠시 침묵이 흘렀다.

먼저 입을 연 것은 남자였다.

"중원을 떠나려고 하는구나."

"독심술도 하실 수 있으신가요?"

"약간은."

신조는 작게 웃었다.

새삼 스승님과 마주하고 있다는 실감이 났기 때문이다.

뭐든지 알고, 뭐든지 할 수 있는, 그런 사람.

같은 사람이라 생각할 수 없는 존재.

남자가 신조에게 손을 뻗었다.

"하지 말라 말했는데 해 버렸구나. 이리 와 보렴."

—십삼조끼리 절기를 공유해서는 안 된다.

신조가 남자 쪽으로 두어 걸음 정도 다가갔다.

남자는 신조의 이마에 손바닥을 올렸다.

힘이 신조의 머리를, 영혼을 관통했다.

신조는 자신의 영혼에 각인된 탐랑과 사갈이 사라지는 것을 느꼈다.

일다경도 되지 않을 짧은 시간이 지나고, 남자는 손을 거두었다.

"불사신조를 삼식까지 쓸 수 있게 되어 다행이다.

그렇지 않았다면 아무리 나라 해도 수습하기 힘들었을 거다."

불사신조는 폭뢰신창을 상대하기 위한 무공이었기에 여러모로 폭뢰신창과 닮을 수밖에 없었다.

폭뢰신창은 영육, 그중에서도 특히 영혼의 용량을 크게 확장시키는 데 주안점을 둔 강화술이었다.

불사신조 또한 그러하니, 신조가 아닌 다른 십삼조가 두 개 이상의 절기를 취했다면 절기를 만든 장본인인 남자라 할지라도 결코 지금처럼 간단히 수습하지 못했을 터다.

남자가 자리에서 일어섰다. 요호 때와 마찬가지였다. 이제는 물러설 때가 되었다.

신조는 따라 일어서지 않았고, 남자는 그 사실에 미소 지었다.

"요호는 내가 신이냐고 묻더구나. 미리 답하자면, 그런 것이 아니다."

그런 것이라 할 수 없다.

감히 신을 자처할 만한 존재 또한 아니다.

"맹저가 나를 불렀다. 처음에는 우연이라 생각했는데, 이제 와 생각해 보니 그 아이가 나를 불렀기 때문인 것 같구나."

사족이었다. 필요하지 않은 말이었다.

남자는 붉게 물들기 시작한 신조의 눈망울에서 시선을 돌렸다.

마지막으로 자신의 가족이 될 뻔한 아이에게, 아니, 어쩌면 이미 가족일지 모르는 막내의 머리를 쓰다듬었다.

"잘 있어라. 어쩐지 너와는 인연이 있어 또 만나게 될지도 모르지만, 그것도 먼 훗날의 이야기겠지."

남자, 혈랑마존, 천 년 동안 지치지 않는 왕의 마법사.

사기꾼 모자 장수 생 제르몽은 그렇게 돌아섰다.

새벽 앞에 흩어지는 밤의 어둠처럼 그렇게 사라졌다.

신조는 자리에서 일어나 스승이 사라진 방향을 바라보았다.

다시 시선을 돌렸고, 떠오르는 동을 따라 발걸음을 떼었다.

아침이 밝아 왔다.

〈폭뢰신창〉, 〈강호질풍전〉으로 이어집니다.

외전 1

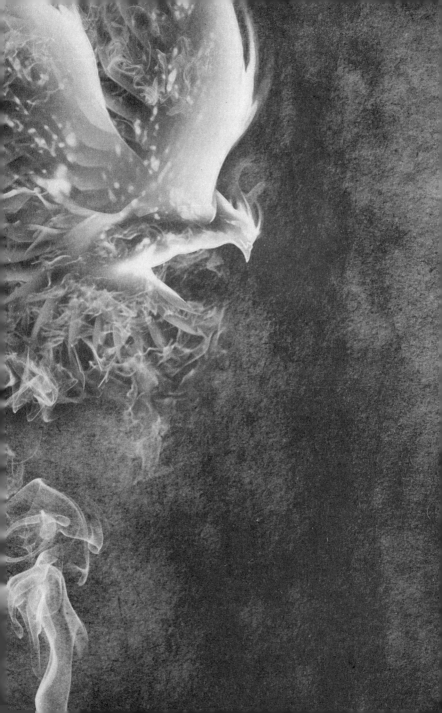

이백 년 전, 고금제일마 혈랑마존이 나타나 '제'를
뒤흔들었다.

혈랑마존은 문파 수십을 멸하고 황실이 파견한 육만
대군을 멸하였으니, 감히 이에 맞설 수 있는 자가 없었
다.

무림의 열두 존자라 불리는 사황오제삼신이 협공을
펼쳤으나 혈랑마존의 단 일수를 견뎌 내지 못하고 검
신 용화성을 제외한 모두가 목숨을 잃었다.

혈랑마존을 막아 낸 것은 삼백 년 전부터 혈랑마존
의 강림을 예측하고 이를 준비해 온 귀신의 혈족의 전

인이었다.

폭뢰신창(爆雷神槍) 천리.

뇌신의 힘을 부리는 귀신은 단신으로 혈랑마존을 격퇴하였고, 나타날 때 그러했던 것처럼 세상에 자신의 이름을 남기지 않고 소리 없이 사라졌다.

유일한 생존자이자 최후의 싸움을 목격한 검신 용화성은 혈랑마존과 폭뢰신창이 마지막으로 나눈 대화를 엿들을 수 있었다.

─언젠가 혈랑마존은 돌아올 것이다.

검신 용화성은 폭뢰신창의 존재를 세상에 숨겼다.

혈랑마존을 무찌른 것은 동귀어진조차 감수한 사황오제삼신이 되었다.

하지만 그도 새로운 사황오제삼신들에게만은 진실을 고하였다. 그리고 그들에게 간절한 바람을 전하였다.

"후대에는 무림의 힘만으로 혈랑마존에 맞서라. 무림의 힘으로 혈랑마존도, 귀신의 혈족도 이겨 내라."

그로부터 백 년의 시간이 흘렀다.

무림과 황실이 충돌하는 사건이 일어났다.

그 내막에는 혈랑마존의 전인인 십삼조 사이의 내분이 있었지만, 그 사실을 아는 자는 손에 꼽을 정도밖에 되지 않았다.

황실에 반기를 든 무림연합 천인회에 속했던 문파들 가운데 후일에라도 정파구주의 자리에 되돌아올 수 있던 것은 진선도가 유일했다. 이는 진선도가 본래 도를 닦는 일종의 종교 집단이기에 가능했던 일이었다.

천인회에 참여했던 다른 여러 문파들은 존속을 위해 자신들의 손으로 천인회의 주축을 이룬 고수들의 목숨을 취하였다.

천인회 사건이 완전히 종결되어 무림과 황실에 평화가 회복되는 데는 십 년이 훌쩍 넘는 세월이 필요했다.

그리고 다시 백 년의 시간이 흘렀다.

옛날 혈랑마존이 했던 그 말처럼 혈랑마존의 후계자가 돌아왔다.

돌아온 혈랑마존은 그 압도적인 힘으로 다시 한 번 무림과 황실에 파란을 일으켰다.

사황오제삼신의 필두이자 천하제일검인 검신과 황실

제일고수 대장군이 사황오제삼신과 힘을 합쳐 혈랑마존에 맞섰으나, 이번에도 승리한 깃은 혈랑마존이었다.

혈랑마존을 막아 낸 것은 돌아온 귀신의 혈족의 후예였다.

폭뢰신창 천화.

그는 도신 사정혜를 비롯한 사황오제삼신의 생존자들과 힘을 합쳐 혈랑마존에 맞섰고, 끝내 뇌신의 힘을 발해 혈랑마존의 후계자를 쓰러트리는 데 성공하였다.


그리고 현재.

사파제일존. 천하제일살문 흑사문 문주이자 삼신 가운데 유일한 생존자인 도신 사정혜는 풍광 좋은 계곡에 멋지게 자리한 정자에 홀로 앉아 술잔을 기울였다.

혈랑마존과의 결전에서 잃어버린 오른팔이 허전했지만, 그보다 더한 것은 가슴이었다. 결전 이후 텅 비어 버린 가슴은 아무리 술을 부어도 채워지지 않았다.

"이제 물러날 때가 된 것일까?"

백 년이 넘는 세월을 바쁘게 달려왔다.

백 년.

검신 백강호, 백 랑은 돌아올 혈랑마존에 맞서기 위

해 천검문의 비원이자 과거의 검신 용화성이 혈랑마존에 맞설 유일한 힘이라 여긴 '하늘의 검'을 완성하기 위해 수련에 몰두한 시간이었다.

도신 사정혜 자신이 혈랑마존의 잔재를 찾기 위해, 세상 어딘가에 은둔해 있다는 귀신의 혈족을 찾기 위해 보낸 시간이었다.

돌아온 혈랑마존.

전대, 이백 년 전 무림을 휩쓴 진정한 혈랑마존에는 미치지 못할 것이 분명하였다. 하지만 그렇다 하여도 혈랑마존이었고, 사황오제삼신 전원을 동시에 상대할 수 있는 괴물이었다.

폭뢰신창 천화.

그 아이가 끝내 혈랑마존을 쓰러트렸다.

그러기 위해 필요했던 일들.

그렇기 위해 희생해야만 했던 이들.

도신은 다시 술잔을 비웠다.

동에서 서로 부는 바람이 차가웠다.

혈랑마존의 후계자는 이제 존재하지 않았다. 새로운 혈랑마존 역시 더 이상은 나타나지 않을 터였다.

사정혜는 엉덩이를 끌어 정자 기둥에 가까이 간 뒤

등을 기댔다.

지쳤다.

몸도 마음도 이제는 슬슬 한계인 것 같았다.

지금 하고 있는 일.

황실이 혈안이 되어 회수하고 있는 '혈랑마존의 패'를 모두 파괴하는 일만 끝마치면 무림에서 완전히 은퇴할 생각이었다.

적어도 사정혜 자신에게는 더 이상 무의미한 도신의 자리에서도 물러나, 흑사문의 문주 직에서도 떠나 세상에 파묻힐 요량이었다.

'하지만 누구와 더불어 살아가야 할까?

그리운 얼굴들은 이제 모두 떠났다.

아버지 사주헌이 천하제일기재라 신나게 떠들어 대던 무재는 사실이었던지라 육신은 반로환동과 환골탈태를 거듭해 지금도 젊었다.

앞으로 얼마나 더 오랜 시간을 살아갈까?

사정혜 자신도 예측할 수 없었다.

"반로환동이라……."

바람에게 속삭이듯 목소리를 흘렸다.

문득 떠오르는 이름과 얼굴들이 있었다.

자그마치 백 년 전의 이야기.

사정혜 자신에게 처음으로 반로환동이 실제로 가능하다는 확신을 심어 준 사람들.

아직 살아 있을까?

신조나 애묘는 무리더라도 청조는, 청조가 신조의 기예를 제대로 이어받았다면 지금도 살아 있지 않을까?

사정혜 자신도 이렇게 멀쩡히 살아 있으니 말이다.

공상을 이어 가다 보니 재미있었다.

저도 모르게 어린 시절처럼 헤픈 미소를 그렸고, 새삼 느껴지는 술의 단맛에 혀끝을 움츠렸다.

다시 바람이 불었다.

이번엔 차가움보다는 시원함이었다.

사정혜는 술잔 대신 곰방대를 입에 물었고, 한가로이 연기를 토했다.

등 뒤에서 목소리가 들리기 전까지는 말이다.

"살성 사정혜."

사정혜는 눈을 깜박였다.

너무 놀라 돌아보지 못했다.

목소리를 바로 알아듣지는 못했다.

하지만 살성. 참으로 까마득한 옛날에 얻은, 지금은 쓰지 않는 그 별호.

기억이 기억을 이끌었다.

처음에는 누군지 분간하지 못했던 목소리의 주인을 눈치채게 만들었다.

"신조?"

사정혜는 자리에서 벌떡 일어나 돌아섰다.

저만치 이 장여 떨어진 곳에 남자가 하나 서 있었다.

습관처럼 기감을 넓게 펼쳐 놓았는데도 눈치채지 못했다.

당금 무림에 이럴 수 있는 사람은 존재하지 않았다.

그래서 다시 한 번 소리치고 말았다.

"신조?!"

변하지 않았다.

백 년하고도 십 년 전쯤인 그날 그때로 돌아간 것만 같았다.

남자는 환하게 웃었다.

"그래, 나다."

사정혜는 더는 망설이지 않았다.

백 년의 세월을 잊은 듯, 어린아이처럼 신조에게 달

려가 그 품에 와락 안겼다.


　사정혜가 홀로 술잔을 기울이던 정자에는 이제 두 사람이 있었다. 하나뿐인 잔으로 한 잔씩 주고받은 뒤 신조가 직설적으로 물었다.

　"오른팔은 또 어쩌다가?"

　사정혜는 바로 답하는 대신 고개를 살짝 기울인 뒤 눈을 가늘게 떴다.

　뺨을 살짝 부풀리더니 이내 피식 웃었다.

　"그냥 여러 가지 일이 있었지, 여러 가지 일이 말이야. 그쪽이야말로 새외에 나갔으니 우여곡절이 많지 않았어?"

　"많았지, 참 많았어."

　신조도 마주 웃으며 다시 술잔을 들었다.

　서로 나누어야 할 이야기가 너무 많아서 어디서부터 이야기를 시작해야 할지 갈피를 잡을 수 없었다.

　술을 몇 잔이나 서로 주고받은 뒤에야 사정혜가 말문을 열었다.

　"살아 있을 줄 알았어."

　그렇게 믿었다.

사실 그랬으면 좋겠다에 가까운 약한 믿음이었지만 말이다.

 "나도 그랬다. 하지만 솔직히 이렇게 그때 모습 그대로일지는 몰랐는데 말이야."

 "에이, 그때보다야 훨씬 성숙한 모습이지."

 사정혜는 몸매를 강조하듯 요염한 자세를 취했고, 두 사람은 와자하게 웃음을 터트렸다.

 "청조랑 애묘 언니는? 둘 다 아직 살아 있지?"

 "두 사람이야 여전하지."

 "역시. 그럴 것 같았어."

 청조와 애묘도 살아 있었다.

 신조와 함께 자신을 찾아오지 않은 것은 섭섭했지만, 그래도 살아 있다 생각하니 마음 한편이 따스해졌다.

 이번에는 신조가 물었다.

 "검제…… 아니, 이제는 검신이려나? 그와는 잘 지내?"

 "뭐야, 새외에서 돌아오자마자 그냥 바로 나 만나러 온 거야?"

 "뭐…… 거의 그런 셈이긴 하지."

그리고 보니 신조는 대체 무슨 수로 사정혜 자신을 찾아온 것일까?

사정혜는 그에 대해 묻는 대신 술잔을 내려다보았다.

새로 잔을 채우는 대신 숨을 골랐다.

지금도 검신에 대해 생각하면 눈시울이 붉어졌다.

"먼저 갔어. 그것도 얼마 전에. 아주 큰 싸움이 있었거든."

검신 백강호.

천하제일검인 그는 유일한 희망인 폭뢰신창을 살리기 위해 단신으로 혈랑마존과 대적하였다.

그의 최후.

보지 못했다.

마지막 이별의 말조차 제대로 나눌 수 없었다.

술기운 때문일까?

사정혜는 결국 약간이지만 눈물을 보였다.

신조는 섣불리 손을 뻗어 눈물을 닦아 주는 대신 기다렸다.

사정혜가 스스로 마음을 추스른 뒤에야 다시 말을 붙였다.

"이야기해 줄래?"

어떤 일이 있었는지.

"꽤 길 텐데?"

사정혜가 눈가를 손으로 살며시 가리며 짐짓 기운찬 목소리로 답했다.

신조가 빈 술잔에 술을 채웠다.

"하룻밤이야 넘길까."

"그것도 그렇지."

사정혜가 술잔을 들었다.


사정혜의 이야기는 정말 길었다. 두서도 없었고, 횡설수설하는 일이 많았다. 하지만 신조는 이야기 솜씨가 여전히 엉망이라 타박하지 않았다. 사정혜와 어울리며 그녀의 살아온 이야기에 귀를 기울였다.

광룡이 아닌, 황실의 손에 의해 진행된 무림말살지계.

그리고 마침내 돌아온 혈랑마존의 후계자.

혈랑마존이란 이름이 걸린 무림의 두 번째, 아니, 세 번째 싸움의 결착.

정말로 이야기는 길었다.

어느새 밤이 찾아왔고, 차가운 바람이 두 사람의 옷깃을 스쳤다.

"아, 내 이야기만 하다가 못 물어볼 뻔했네."

"뭐가?"

"아이는? 청조랑 사이에 아이는 없어?"

사정혜가 눈을 반짝이며 물었다.

신조는 시선을 피하듯 살짝 고개를 돌리더니 오히려 물음을 던졌다.

"그러는 넌?"

"백 랑이랑 늘 사이가 좋기만 했던 건 아니라…….
그리고 '하늘의 검'을 이루면 아이를 못 낳더라고."

"천검문의 비원인 하늘의 검이 동자공이었나?"

"절대로 아니거든! 음, 그게 좀 복잡해. 나중에 사황 데려다 줄 테니까 걔한테 설명 들어."

"아니, 그럴 필요까지는 없을 것 같다. 대충 뭔지 짐작이 가니까 말이야."

"호오?"

신조는 희미하게 웃으며 새 술병을 찾아 손을 뻗었지만, 이제는 완전히 동이 나고 말았다.

쩝, 하고 혼자 입맛을 다신 신조가 말했다.

"없어. 아쉽게도."

"술이?"

"아이가."

"왜?"

"그…… 불사신조에 생각지도 못했던…… 그런 부작용이 있더라고."

"어…… 설마?"

사정혜의 시선이 신조의 하반신에 향했고, 얼굴을 붉힌 신조는 사정혜의 턱을 손끝으로 밀어 올려 다시 자신의 얼굴을 보게 만들었다.

"네가 생각하는 그런 건 아니다. 정말이지 백 년이나 지나도 발랑 까진 건 똑같구나."

"발랑 까지기는."

사정혜는 낄낄거리며 신조에게 은근한 시선을 보냈다.

놀리는 것이 분명한 유혹의 탈을 쓴 애교에 신조는 사정혜의 이마를 손가락으로 가볍게 튕기는 것으로 답했다.

천하의 도신에게 이런 일을 할 수 있는 사내는 당금 천하에 신조뿐일 터였다.

배시시 웃은 사정혜는 다시 기둥에 몸을 기댔다.

그녀도 적잖게 많이 마신지라 얼굴이 붉었다.

"아무튼 아쉽다. 청조는 아이를 많이 좋아할 것 같 았는데."

"직접 낳지는 못했지만…… 기른 아이는 제법 많 아."

"그럼 다행이고."

흐물흐물거리던 도신은 돌연 몸을 빙글 돌리더니 그 대로 쓰러져 신조의 허벅지에 머리를 기대고 누웠다.

"홍초랑 유성도 보고 싶다. 도철은 솔직히 인상이 흐릿하고…… 애묘 언니 잘 있나 모르겠네. 이제는 신 조가 이야기해 봐. 어떻게 살았어?"

신조는 매정하게 허벅지를 빼는 대신 사정혜의 머리 를 다정하게 쓰다듬었다. 바람이 차가워진 것을 염려 라도 했는지 아예 겉옷까지 벗어서 사정혜에게 덮어 준 뒤 이야기를 시작했다.

사정혜의 이야기보다 조금 더 긴, 그런 이야기였다.


깊고 어두운 밤도 언젠가는 끝나기 마련이었다.

새벽이 밝았다.

저 멀리 떠오르는 동을 바라보던 사정혜는 아쉬움이 가득한 목소리를 끼냈다.

"다시 떠나는 거야?"

"그래, 잠깐 둘러보러 온 것뿐이니까 다시 돌아가야지."

두 사람 모두 술기운은 내공으로 깨끗이 날려 버린 지 오래였다.

사정혜는 신조를 억지로 붙잡지 않았다. 하나뿐인 팔로나마 꽉 안아 준 뒤 얼굴을 가까이하였다.

"또 볼 수 있을까?"

"아마도. 그때는 청조랑 애묘 누나도 데리고 올게."

"약속이다? 기대할게."

이번에는 신조가 사정혜를 꼭 안아 주었다.

검신을 잃고 그녀가 얼마나 외로움에 시달렸는지 어렴풋이나마 알 수 있었다.


하룻밤 일장춘몽처럼 신조가 다시 떠났다.

사정혜도 정자를 떠나 다시 발걸음을 내딛었다. 혈랑마존의 힘에 미련을 버리지 못해 패를 수집하고 있는 황실을 비롯해 아직 그녀가 나서야 할 일이 세상에는 많이 남아 있었다.

사정혜는 짐짓 환한 미소를 그려 보았다.

과거에는 신조가, 그리고 현재에는 자신과 검신, 천화가 지켜 낸 강호.

사정혜의 발걸음이 한결 가벼워졌다.

외전 2

혈랑마존의 첫 번째 혈겁 때 많은 사람들이 죽었다.

천인회의 반란 사건 역시 많은 피를 불렀다.

역사에는 기록되지 않을 치열한 사투가 황실을 붉게 물들였다.

하지만 모두 과거사일 뿐이었다.

천인회의 반란 사건이 있고 일 년이 지났을 때, 이미 천인회의 자취는 세상에서 찾아보기 어려웠다.

천인회에 가담했던 문파들은 독단으로 천인회에 가담해 문파를 위기로 내몬 '문파의 배신자'들의 흔적을 말끔히 지웠을 뿐만 아니라 그들에 대해 언급하는 것 또한 피하였다.

황실은 대장군과 대승상을 잃었지만 이 역시 오래가지 않았다.

거기장군 오의가 대장군 자리에 오르고, 구성이 대승상 자리에 오르니 결국 사람만 바뀌었을 뿐, 체계 자체는 고스란히 유지되었다.

십 년이 지나자 천인회와 천마회에 대해 이야기를 하는 자가 드물었다. 그나마도 호사가들의 입을 통해 한두 마디 언급되는 것이 전부였다.

무림에서는 천인회를 언급해서는 안 된다는 불문율이 자리한 지 오래인지라 함부로 떠드는 이가 없었다.

이십 년을 넘어 삼십 년에 가까운 세월이 흘렀다.

이제는 굳이 불문율로 천인회 이야기를 막을 필요도 없었다.

차곡차곡 쌓여 가는 세월의 무게가 모든 것을 파묻어 보이지 않게 만들었다.

귀곡문은 건재했다.

애당초 천인회와는 그 어떤 연관도 없던 문파였다.

본거지도 남쪽 땅에 있으니 천인회와 관군 사이의 싸움에 입은 피해도 없었고 말이다.

삼십 년 세월이 귀곡문을 바꾸어 놓은 것은 오직 하나뿐이었다.

전대의 귀곡자가 죽고, 그 제자 청원이 귀곡자의 이름이 계승하였다.

먼 옛날, 선인들과 신장들이 세상을 활보하던 시절에 대선 태을 진인이 있었다. 그는 선골을 가진 선인들만이 쓸 수 있는 선술을 바탕으로 인간들도 사용 가능한 주술을 만들어 냈다.

그의 진전을 이은 인간 제자 비련이 귀곡문의 개파 조사이자 첫 귀곡자였으니, 귀곡문은 태을 진인의 일맥이라 할 만하였다.

본래 태을 진인의 진전을 이은 인간 제자는 비련만이 아니었다. 그녀 외에 두 사람이 더 있었지만 그들의 일맥은 천 년에 가까운 장구한 세월의 흐름에 휩쓸려 사라지고 말았다.

마지막 남은 태을 진인의 일맥.

그것이 귀곡문이었다.


　귀곡문의 문주는 대대로 귀곡자라는 이름을 이어받았다. 하지만 그들이 계승한 것은 오직 이름 세 글자만이 아니었다.

　한 가지 사명.

　애당초 태을 진인이 주술을 만들어 내고 귀곡문을 비롯한 인간들의 주술 일맥을 구축한 이유.

　대선 태을 진인은 먼 훗날 인세에 인력으론 대처할 수 없는 흉신이 나타날 것이라 예언하였다.

　흉신.

　진짜 재앙신을 의미하는 깃이 아니었다. 비유적인 표현이었다. 하지만 태을 진인은 그 존재가 가진 힘이 흉신이란 이명에 부족하지 않을 것이라 생각했다.

　그래서 태을 진인은 미래의 인세를 위한 준비를 하였다. 인간들에게 싸울 힘을 주기 위해 선술을 바탕으로 한 주술을 만들어 냈고, 초인으로의 길을 인도하는 무공의 기초를 닦았다.

　그리고 거기에 그치지 않고 흉신에 대적할 존재, 그 자체를 인세에 남겼다.

투선.

태을 진인을 비롯한 선인들이 모두 선계로 떠난 그 이후에도 지상에 남아 흉신에 맞서 싸울 최후의 선인.

투선은 태을 진인이 만든 시공진 안에 들어가 미래를 대비하도록 되어 있었다.


"흉신 강림의 날이 오면 시공진이 절로 깨질 것이니, 귀곡자를 비롯한 태을 진인의 주술 일맥들은 투선을 도와 흉신에 맞서라."


그것이 귀곡자들이 이름과 함께 물려받은 사명이었다.

"백하고 수십 년 전, 혈랑마존이 나타났을 때 우리는 태을 진인께서 말씀하신 그날이 왔다고 생각했단다."

제이십사대 귀곡자 청원의 나이는 이제 쉰을 바라보았다. 하지만 초대 귀곡자 이후 최초로 불로장생의 술법을 익힌 그녀는 여전히 이십 대 초입으로밖에 보이지 않는 청아한 미모를 자랑하였다.

그녀가 괴이와 인간 사이의 존재임을 증명하는 푸른

머리칼과 고양이를 닮은 황금빛 눈동자 또한 조금도 변하지 않았다.

청원의 앞에는 장성한 제자이자 이제 곧 이십오대 귀곡자라 불리게 될 단목연이 바른 자세로 앉아 있었다. 두 사람은 기암절벽 틈바구니에 앉아 부름 바람을 맞았다.

청원의 푸른 머리칼이 바람에 흩날렸다.

청원이 제자 목연에게 이 이야기를 하는 것은 처음이 아니었다. 어미가 아이에게 옛날이야기를 들려주듯, 이미 지난 십여 년 세월 동안 몇 번이나 반복해서 해준 이야기였다.

하지만 오늘의 이야기는 이전의 이야기들과는 그 의미가 달랐다.

때문에 청원도, 목연도 표정이 결코 편하지만은 않았다.

고금제일마 혈랑마존의 등장.

그는 기존의 무인들과는 궤를 달리하는 강함의 소유자였다. 무림의 하늘이라 불린 사황오제삼신도 감히 그의 상대가 될 수 없었다.

당시의 귀곡자는 혈랑마존과 사황오제삼신 사이에서

일어난 일의 진실을 알았다. 사황오제삼신이 마치 벌레 떼처럼 허무하게 목숨을 잃었다는 사실도, 실제로 혈랑마존을 물리친 것은 어느 이름 없는 무인이라는 사실도 말이다.

때문에 당시의 귀곡자는 혈랑마존을 물리친 무인, 뇌신의 힘을 가진 폭룡이 투선이 아닐까 의심했지만 그는 투선이 아니었다.

"혈랑마존은 강했다. 흉신이라 해도 좋았지. 인세의 힘으로는 도저히 막을 수 없는…… 그런 신과 같은 존재였다."

무림의 무공은 지속적으로 발전해 왔다.

백 년 전의 무공보다 지금의 무공이 뛰어났고, 백 년 전의 무인들보다 지금의 무인들이 훨씬 더 강했다.

하지만 혈랑마존은 당대의 무인들보다도 훨씬 더 강했다. 그가 백 년 전이 아니라 당대에 나타났다 할지라도 변하는 것은 없을 터였다.

고금제일마.

흉신이라 해도 좋을 강함을 가진 마인.

"하지만 투선은 깨어나지 않았어."

깨어나지 않았다.

투선이 들어가 있다는 시공진은 요지부동이었다.

청원은 허망하게 웃었다.

수미산 깊은 곳에 숨겨져 있는 태을 진인의 시공진.

구백 년 세월이 지난 지금도 시공진은 건재했다.

오십 년 가까운 삶을 살아오며 몇 번이나 수미산에 올라 시공진을 살펴본 청원이었다.

시공진은 실제로 존재했고, 태을 진인과 투선의 이야기는 거짓이 아닐 터였다.

그렇다면 어째서 혈랑마존의 혈겁 때 시공진은 깨지지 않은 것일까?

왜 투선은 나타나지 않은 것일까?

"태을 진인이 예언한 흉신은 혈랑마존이 아니었던 걸까?"

청원이 물었다.

단목연을 향해서가 아닌, 허공 너머를 향한 물음이었다.

고금제일마조차도 예언의 흉신이 아니었던 것인가.

그렇지 않으면 그저 태을 진인의 예언 자체가 잘못

된 것일까?

아니면 혹시나, 시공진 안에서 투선은 이미 죽어 버린 것은 아닐까?

청원은 고개를 가로저었다.

스스로 머릿속에 떠올린 가능성들을 지워 버렸다.

아직 때가 오지 않은 것뿐이다.

태을 진인이 예언했던 흉신강림의 날이 오지 않은 것이다.

혈랑마존은 끝내 인세의 힘인 뇌신의 힘을 가진 폭룡, 인간의 무인에 의해 쓰러지지 않았던가.

청원은 숨을 길게 토했다. 제자 목연의 얼굴을 보았고, 손을 뻗어 그의 뺨을 어루만졌다. 흘러내린 눈물을 닦아 주었다.

목연이 청원의 손을 붙잡았다.

"스승님, 꼭 봉인진에 드셔야겠습니까? 불로장생의 술을 터득하셨잖습니까? 저와 함께 인세에 머물며 투신을 기다리시지요. 그래도 될 것입니다. 그래 주십시오."

목소리는 흐느낌에 가까웠고, 얼굴은 엉망진창이었다.

제이십사대 귀곡자 청원은 떠나려 했다.

스스로 만든 봉인진에 들어가 투선이 강림하는 그날까지 길고 긴 잠에 빠져들려 했다.

그러기 위해 온 기암절벽이었다. 절벽 사이에 난 동굴 깊은 곳엔 이미 봉인진을 위한 준비가 모두 갖춰져 있었다.

청원은 애원하는 제자를 품에 안아 주었다. 코흘리개 꼬마일 때 받아들였던 제자는 이제 벌써 약관을 넘어 어엿한 남자로 자라 있었다.

키도 청원 자신보다 훨씬 컸고, 팔다리 역시 길었다. 하지만 그래도 청원에게 있어 목연은 제자였다. 배 아파 낳은 것은 아니지만, 자식이나 다름없었다.

청원은 흐느껴 우는 목연을 달래며 속삭였다.

"나는 시공진에서 나올 투선을 보고 싶어. 미래 인세를 위해 스스로 시공진 안에 걸어 들어간 그 남자를 만날 거야."

현세도 아닌, 미래 인세의 인간들을 위해 스스로를 희생한 자.

시공진 안에서 홀로 구백 년 세월을 인내하고 있을 투선.

태을 진인은 흉신강림의 시기를 정확히 예언하지 못했다. 그저 못해도 수백 년 시간이 흐른 뒤라는 사실만을 알았다.

그렇기에 아무나 할 수 있는 선택이 아니었다.

보통 각오로는 하지 못할 일이었다.


"수미산에 모인 선인들은 많았다. 이름 난 대선들도 많았고, 평소 쌓아 올린 의행 덕에 영웅이라 불리는 자들도 있었다. 하지만 시공진에 들어가겠다 말한 것은 그 많은 이들 가운데 오직 단 하나, 투선뿐이었다."


귀곡문을 통해 전해져 내려오는 태을 진인의 말이었다.

청원은 투선을 보고 싶었다. 언젠가 닥칠 흉신 강림의 날에 인세를 지키기 위해 흉신에 맞설 그를 돕고 싶었다.

"그러니 그렇게 울지 마렴, 목연아. 다 큰 남자가 그렇게 엉엉 울면 여자들이 흉본단다."

살며시 목연을 밀어낸 청원이 그렇게 말했다.

다시 한 번 눈물을 닦아 주며 웃어 주었다.

제이십오대 귀곡자 단목연은 결국 스승의 뜻을 꺾지 못했다.

청원은 동굴 깊은 곳, 영맥 위에 만든 봉인진에 스스로 걸어 들어가 시간의 흐름으로부터 유리되었고, 단목연, 귀곡자는 그런 스승을 위해 주술로 돌 벽을 쌓아 동굴의 입구를 감추었다.

투선의 시공진이 깨지기 전까지는 청원의 봉인진 또한 깨지지 않을 터였다.

그리고 많은 시간이 지났다.

십 년, 이십 년, 칠십 년에 가까운 세월이 지나 인세는 다시 한 번 큰 위기에 처하였다.

혈랑마존의 재림.

첫 번째 혈랑마존의 모든 것을 이어받은 두 번째 마존의 등장.

이번에도 큰 싸움이 있었다.

첫 번째 혈랑마존의 강림 때 못지않은 큰 피해가 '제'를 뒤흔들었다.

하지만 그때에도 투선은 깨어나지 않았다.

●

혈랑마존의 두 번째 혈겁을 막은 것은 이번에도 뇌신의 힘을 부리는 폭룡이었다.

폭뢰신창.

귀신의 혈족의 후예.

◐

혈랑마존의 두 번째 혈겁으로 귀곡자는 애지중지하던 제자 양전을 잃었다. 귀곡문 또한 큰 피해를 입어 사실상 멸문지화를 당한 것이나 다름없게 되었다.

투선은 나타나지 않았다.

청원 또한 깊은 잠에서 깨어나지 않았다.

제이십오대 귀곡자 단목연은 죽지 않고 목숨을 구했으나 더 이상 삶의 의지를 이어 갈 수 없었다. 말년에 들인 제자를 잃은 터라 대를 잇기 위해서는 새로운 제자를 들여야 했지만, 그는 그럴 것 또한 생각하지 않았다.

그로부터 일 년 뒤,

혈랑마존의 두 번째 혈겁이 '제'에 남긴 상처가
조금씩 아물어 갈 무렵, 태을 진인의 시공진이 깨
졌다.

　천 년의 시간을 넘어 투선이 세상에 모습을 드러내었
다.

〈강호질풍전〉에서 이어집니다.

# 용어 해설

1) 본래 연재분에서는 독자분들과 소통하는 창구로 쓰이던 용어 해설입니다.

2) 출판본의 경우 본래의 목적인 소통이 힘들 뿐 아니라 원하시지 않는 독자 분들도 계셔 지양했던 것이지만 마지막인 만큼 한 번 다루어 보도록 하겠습니다. 독자분들의 양해 바랍니다.

**무협 3부작**
1) 세상군 대헌장에 속한 세상 동방의 분열 세상에

서 펼쳐지는 일련의 이야기들.

2) '불사신조—폭뢰신창—강호질풍전'의 순이다.

3) 불사신조로부터 백 년 뒤가 폭뢰신창이고, 다시 폭뢰신창으로부터 일 년 정도 후의 이야기가 강호질풍전이다.


## 불사신조

1) 혈랑마존, 천년백작 사기꾼 모자장수 생 제르몽의 제자 신조의 이야기.

2) 무협 3부작만을 독립해서 보자면 폭뢰신창을 제압하기 위한 무공인 불사신조의 등장에 가치가 있는 이야기이다.

3) 연대기의 관점으로 보자면 '왕의 마법사' 생 제르몽이 메키로를 비롯한 '아샤의 제자들' 외에 다른 4세대 인간종에게도 나름의 애정을 가졌다는 것에 의의가 있는 이야기이다.

4) 기실 무협 3부작에서는 가장 메인 스트림에서 독립된 외전 격의 이야기이나 주인공인 신조는 왕의 가신들 가운데 하나인 생의 제자라는 굉장히 독특한

위치에 서 있기 때문에 무협 삼부작으로나 연대기로나
상당히 중요한 인물이라 할 수 있다.


### 폭뢰신창
1) 혈랑마존을 막기 위해 오백 년 세월 동안 그 맥
을 이어 온 귀신의 혈족의 후예, 천화의 이야기.
2) 무협 3부작의 허리에 해당하는 이야기이다.


### 강호질풍전
1) 미래 인세를 위해 스스로 시공진 안에 들어가 천
년의 세월을 인내한 투선, 강호의 이야기.
2) 불사신조와 폭뢰신창의 세계관, 인물들을 모두
아우르는 마지막 이야기인 만큼 무협 3부작과 연대기
양쪽 모두에게 중요한 이야기이다.


### 제
1) '조'를 역성혁명으로 무너트린 초대 황제 '영'

이 세운 국가.

2) '무림'의 등장과 때를 같이하고 있다.

3) 중앙집권화를 목표로 하고 있으나 국토인 '제'
가 너무 넓어 지방의 자치를 어느 정도는 허락할 수밖
에 없는 것이 현실이다.


**무림**

1) '제'의 초대 황제 '영'이 지방의 호족을 비롯한
유력 세력들을 견제하기 위해 무림 방파를 크게 키우
면서 등장한 일단의 질서, 세계, 개념.

2) 행정력이 뒷받침될 수 없을 정도로 넓은 제의 영
토 때문에 존재할 수 있는 개념이다.

3) 본래 무림의 힘은 미약했으나 '무공'이라 불리
는 초인술이 혈랑마존의 혈겁을 기점으로 급격히 발
전함에 따라 지금과 같은 막강한 힘을 갖추게 되었
다.

4) 하지만 이는 동시에 황실이 무림을 견제하는 계
기가 되기도 하였다.

5) 황실 입장에서는 무림 방파에게 지방의 치안을

어느 정도 맡기고 있는 셈인지라 무림 내부의 충돌은 여간하면 눈을 감아 주는 편이지만 — 실질적인 통제 문제도 있다. 위에 언급했듯이 제의 행정력이 지방 구석구석에 미치기에는 제의 영토가 너무 넓다. — 수백 명의 인명이 걸린 일에는 반드시 관여하고 있다.


**무공**

1) 인간이 초월자의 경지에 오를 수 있는 여러 수단 가운데 하나.

2) 내공의 운용을 통해 일반적으로 도달할 수 있는 인간의 육체 능력을 아득히 초월하는 일종의 초인술이다.

3) 초대 황제 '영'이 무림을 세운 이후에는 체계적인 발전을 거듭, 당대에 와서는 일기당천 만부부당이 가능한 '초인'을 탄생시키기에 이르렀다.


**암룡**

1) 황실의 첩보 기관. 불사신조의 사건을 계기로 붕

괴되었지만 실질적인 본체는 고스란히 살아남았다.

2) 폭뢰신창의 시대에는 대장군부에 완전히 흡수되어 그 흔적을 찾아볼 수 없다.

3) 본래 대역죄인의 자제들로 구성되었으나, 그것만으로는 수요를 감당치 못해 후기로 갈수록 다른 곳에서 끌어 온 인원들이 많아졌다.

### 광룡

1) 황실의 무력 기관. 백관의 자제들로 구성된 일종의 정예 부대. 불사신조의 시대에 일어난 사건으로 인해 완전히 해체되었다.

### 대장군부

1) 대장군을 대표로 한 무장들의 집단.

2) 불사신조의 시대에는 사실상 황실의 가장 강력한 정치적 실세로 등극하였지만 거기장군 오의의 사망 이후 다시 승상부에 힘을 빼앗겼다. 하지만 폭뢰신창의 시대에는 다시 한 번 황제의 손발이 되어 황실 권력의

중추가 되었다.

3) 광룡 해체 이후의 황실을 대표하는 무력 기관이
다.


**사황오제삼신**

1) 무림의 하늘, 열두 명의 절대고수.

2) 사파 계열 고수들로 구성된 사황(四皇), 정파 계
열 고수들로 구성된 오제(五帝), 정사새외를 떠나 사
황오제를 능가하는 절대적인 고수들로 구성된 삼신(三
神)을 말한다.

3) 검제, 도황, 창신 하는 식으로 각기 사용하는 병
장기에 제, 황, 신을 붙여 간단히 칭한다. 이는 사황오
제삼신이 각자의 분야에서 정점에 선 자들임을 의미한
다.

4) 일반적으로 사황과 오제는 동수로 두고, 삼신은
사황오제보다 고수로 본다.

5) 본래는 열두 명으로 고정되지도 않았고, 그저 뛰
어난 고수에게 붙는 별호라는 느낌이었으나 혈랑마존
의 혈겁을 계기로 지금과 같은 형태로 고착되었다.

6) 혈랑마존과 사황오제삼신 간의 격돌에 대한 진실을 비밀리에 계승하고 있다.

**검성 유운비**

1) 천검문 개파 조사.

2) 오백 년 전의 인물로, 당대에는 천하제일을 자처할 수 있었지만 당대의 기준으로 보자면 그리 대단한 고수는 아니라는 것이 일반적인 평이다. 하지만 검성 유운비와 같은 성현들이 있었기에 무공의 발전이 이루어진 것 또한 사실이니, 결코 무시할 수 있는 자는 아니다.

3) 말년에 '하늘의 검'에 대한 깨달음을 일부나마 엿본 이후 하늘의 검을 이루기 위해 여생을 모두 바쳤지만, 끝내 이루지 못하였다.

4) 천검문은 검성 유운비가 자신의 사후에라도 하늘의 검이 세상에 나타나기를 바라며 세운 문파이다.

검신 용화성

1) 혈랑마존의 혈겁 당시의 사황오제삼신 가운데 하나.

2) 혈랑마존과 동귀어진한 사황오제삼신 가운데 유일한 생존자이다.

3) 혈랑마존의 혈겁 이후 평생 동안 하늘의 검에 집착했다고 한다.


검제 백강호

1) 불사신조의 시대의 검제, 폭뢰신창 시대의 검신.

2) 천검문이 낳은 최강의 초인. 무공은 대를 거듭할수록 발전하고 있기 때문에 기실 천검문 역대 최고 고수라 할 수 있다.

3) 불사신조의 시대에는 이기어검을 주로 구사했으나 폭뢰신창의 시대에는 새로이 깨달음을 얻어 천검문의 비원인 '하늘의 검'에 도달했다.

4) 폭뢰신창의 시대의 천하제일인.

**살성 사정혜**

1) 불사신조 시대의 사파오성 가운데 필두. 폭뢰신창 시대의 도신.

2) 천하제일살문 흑사문의 후계자로, 고금제일기재라 여겨진다.

3) 폭뢰신창의 시대에 이르기까지 백 년 동안 환골탈태와 반로환동을 반복. 검신 백강호와 더불어 다른 무인들과는 궤를 달리하는 초인이다.

4) 천하제일기재인 동시에 천하제일미로도 꼽힌다.

5) 연대기의 관점에서 보자면 타고난 인슬레이버. 이능자이다.


**천하제일살문 흑사문**

1) 사파 최강.

2) 살수 문파로 시작해 종국에는 사파칠주의 우두머리로까지 성장한 입지전적인 문파이다.

3) 불사신조의 시대와 폭뢰신창의 시대 모두 사파 최강으로 군림한다.

## 정파 최강 천검문

1) 검성 유운비 이래로 오직 검에만 매진하는 검광들이 천검문의 이름 아래 집결하였다.

2) 세상의 모든 검을 하나로 모은 궁극의 하나, '하늘의 검'을 이루기 위해 세상에 존재하는 모든 무공을 수집, 분석, 재해석하는 것이 문파의 존재 이유이다.

3) 덕분에 무력이란 면에 있어서는 다른 정파구주나 사파칠주보다 우위에 있다는 것이 일반적인 평이다.


## 하늘의 검

1) 세상의 모든 검을 하나로 모은 궁극의 하나.

2) 심검과 비슷한 개념이라 여겨지고 있다.

3) 연대기의 관점으로 보자면 영혼의 힘의 형상화, 카시리온이다.

### 정파구주

1) 정파를 대표하는 아홉 문파.

2) '제'의 초대 황제 '영'이 전국을 아홉 개의 지방으로 나누었기 때문에 각 지방을 대표하는 문파를 하나씩 꼽다 보니 정파구주가 되었다.

3) 혈랑마존의 혈겁 이후 정사 간의 대립이 극히 적어진 터라 사실상 정사 구분이 모호해졌지만, 정파를 표방하는 무리들답게 지방의 치안 유지에 적극적인 모습을 보이고 있다.


### 사파칠주

1) 사파를 대표하는 일곱 문파.

2) 정파에 비해 그 수가 다소 부족한 사파인지라 정파구주가 처음 등장할 당시 어깨를 나란히 할 만한 사파 문파는 일곱뿐이었다.


### 비사문

1) 정파구주 가운데 하나.

2) 서쪽 땅의 유력 호족이었던 서문 씨족이 무림 방파로의 변신을 꾀함에 따라 등장한 문파이다.

3) 서쪽 땅의 상권의 절반 이상을 틀어쥐고 있어 정파구주 최고의 금력을 자랑한다.

4) 다른 문파와 달리 씨족 중심이기 때문에 다소 폐쇄적인 모습을 보일 때가 많다.


**귀곡문**

1) 사파칠주에는 끼지 못하나 그 바로 아랫선에 위치한다 볼 수 있는 문파.

2) 술사들의 문파이기 때문에 다른 문파들과는 그 형태가 매우 다르다.

3) 대선 태을 진인의 직전제자 삼 인 가운데 하나인 귀곡자 비련이 세운 문파이다.


**귀곡자**

1) 귀곡문의 문주들이 대대로 이어받은 이름.

2) 초대 귀곡자 비련을 그 시작으로 한다.

3) 일월문의 사황(邪黃)이 등장한 이래로 무림제일 술사 자리를 사황에게 빼앗기고 말았다.


### 청원

1) 제이십사대 귀곡자.

2) 불사신조의 시대에는 귀곡자의 후계자였고, 폭뢰신창의 시대에는 스스로 만든 봉인진에 들어가 잠들어 있던 터라 세상에 모습을 보이지 않았다.

3) 역대 최강의 귀곡자이며, 인간과 괴이의 경계에 선 자이다.

4) 강호질풍전의 시대에 봉인진에서 나와 다시 한번 세상을 활보한다.


### 단목연

1) 제이십오대 귀곡자.

2) 폭뢰신창, 강호질풍전 시대의 귀곡자이다.

**삼룡사봉**

1) 정파의 후기지수들 가운데서 특히 뛰어난 칠 인을 가리키는 말.

2) 용과 봉 앞의 숫자는 시대에 따라 다르지만, 일반적으로 용의 별호를 받은 자가 봉의 별호를 받은 자보다 강하다고 여겨진다.

3) 폭뢰신창의 시대 이후에는 혈랑마존의 혈겁과 얽힌 불미스런 일 때문에 사실상 사장되었다.


**사파오성**

1) 사파의 후기지수들 가운데서 특히 뛰어난 오 인을 가리키는 말.

2) 불사신조에는 살성(殺星) 사정혜 하나만 등장했다.

3) 폭뢰신창에는 술성(術星) 양전이 등장한다.


**새외삼각**

1) 중원에 실질적으로 영향을 끼칠 수 있는 새외의

세 무력 집단을 가리키는 말.

2) 북방의 기마민족들로 구성된 흑풍대, 마교라고도 불리는 서방의 일월성교, 남쪽 바다에 점점이 이어진 섬들에 터를 잡은 해남십육가를 의미한다.

3) 새외삼각 가운데서는 기실 일월성교가 가장 큰 힘을 갖추었다고 본다.


## 십삼조

1) 암룡의 전설.

2) 일곱 명 천원이 천년백작 생 제르몽의 제자들이다.


## 십삼조의 일곱 절기

1) 천년백작 생 제르몽이 십삼조 각자에게 전수해준 절기들.

창룡 — 폭뢰신창 : 혈랑마존을 쓰러트린 귀신의 혈족의 무예. 내공보다는 영혼의 힘을 다루는 기술에 가깝다.

뇌호 — 신산 : 찰나를 한 시진처럼 느낄 수 있는

사고의 확장.

요호 — 현혹 : 문자 그대로 상대를 홀리는 기술. 다만 그 효과는 절대적인지라 살기가 최고조에 이르는 전투 중에도 상대를 현혹할 수 있다.

아랑 — 탐랑 : 내공을 비롯한 이능을 흡수하는 기술.

애묘 — 사갈 : 정신적인 독. 시선으로 하독할 수 있다는 것이 가장 큰 강점이다.

신조 — 불사신조 : 천년백작 생 제르몽이 자신을 쓰러트린 폭뢰신창을 파하기 위해 만든 무공.


### 천년백작 생 제르몽

1) 천 년 동안 지치지 않는 마법사, 왕의 가신, 사기꾼 모자장수 생 제르몽

2) 왕의 가신들 가운데 하나. 왕의 마법사.

3) 세상 일광에서 별의 아이 아샤와 가짜 황제 간의 전투를 조장, 실험을 통해 결과를 추출했지만 정작 모든 일의 배후 조종자인 본인은 아샤의 죽음에 큰 충격을 받아 스스로를 잃고 말았다. 광인이 된 천년백작은 여러 세상을 돌며 몇 년 동안이나 미쳐 날뛰었는데, 그

당시의 모습이 바로 혈랑마존이다.

4) 연대기 전체를 관통하는 주요 인물 가운데 하나로, 검은 불꽃 진의 숙적이다.

5) 십삼조의 스승.


**아샤의 제자들**

1) 세상 일광의 별의 아이인 아샤가 세상의 적 황제에 맞서기 위해 모은 세상 일광의 강자들.

2) 최후의 대장장이 메키도, 라이칸슬로프 로드 록, 천년백작 생 제르몽, 성녀 엘란, 바람술사 켐벨, 레알망카 최후의 검 펠튼.

3) 왕의 가신 천년백작 생 제르몽이 가족이라 생각한 제4세대 인간종들이다.

4) 아샤의 제자들 가운데 몇은 '나이트 사가'의 주요 등장인물들이다.


**대선 태을 진인**

1) 불사신조의 시대로부터 구백 년 전, 아직 인세에

선인들이 활보하던 시절을 대표하는 대선.

2) 중앙과 사방의 오선 가운데 중앙의 태을 진인이라 불렸다.

3) '강호질풍전'의 핵심 인물 가운데 하나.


## 귀신의 혈족

1) 혈랑마존을 쓰러트린다는 목적 하나를 위해 만들어져 오백 년 세월 동안 그 대를 이어 온 일족.

2) 불사신조의 시대로부터 백 년 전, 혈랑마존의 혈겁을 막아 낸 첫 번째 폭뢰신창 역시 귀신의 혈족이다.

3) 투귀 수라들의 왕 아수라를 그 시조로 한다.


## 모든 세상 연대기

1) 아포칼립스 3부작 ― 기상곡 ― 광시곡 ― 주명곡(백기사) ― 담시곡(강철의 기사들) ― 진혼곡(나이트 사가) ― 합창곡(SG) ― 불사신조 ― 폭뢰신창 ― 강호질풍전 ― Orcs! ― 소야곡으로 이어지는 일련의 시리즈.

2) 현재 기상곡, 광시곡, 주명곡, 담시곡, 진혼곡,
합창곡(SG), 폭뢰신창, 불사신조, Orcs!를 완결 지
었고, 문피아에서 강호질풍전을 연재 중이다.

www.bbulmedia.com

www.bbulmedia.com